KB054281

십자매 기르기

십자매 기르기

초판 1쇄 발행 2011년 11월 30일
초판 7쇄 발행 2015년 9월 7일

지은이 최민경
펴낸이 주일우
펴낸곳 ㈜문학과지성사
등록번호 제1993-000098호
주소 121-894 서울 마포구 잔다리로7길 18(서교동 377-20)
전화 02) 338-7224
팩스 02) 323-4180(편집) 02) 338-7221(영업)
전자우편 moonji@moonji.com
홈페이지 www.moonji.com

ISBN 978-89-320-2256-7

십자매 기르기

최민경 장편소설

문학과지성사
2011

차례

할아버지

할아버지가 돌아가셨다. 70세 생일을 이틀 앞둔 날이었다. 형은 할아버지가 술을 너무 많이 드셨기 때문에 돌아가신 거라고 했다. 그 말을 듣고 나는 깜짝 놀랐다. 지난 1년 동안 할아버지께 외상술을 사다 드린 건 바로 나였기 때문이다.

"그치만 아직 주무시고 계신 건지도 모르잖아."

"이 멍청아, 이틀씩이나 잠만 자는 사람이 어딨냐? 틀림없이 돌아가셨다니까."

"그래두……"

"좋아, 정 그렇다면 확인해보는 수밖에."

말을 끝내기도 전에 형은 할아버지 옆에 바짝 다가가 앉았다. 그러고는 자신의 손가락을 할아버지의 코끝에 대고 무려 5초 동안이나 있었다. 형은 또 뭔가 미심쩍다는 얼굴로 할아버지의 가슴팍을 흔들어보았다. 나는 겁이 나기 시작했다. 금방이라도 할아버지가 잠에서 깨어나 호통을 치실 것만 같았다.

"잘 봐, 이래도 꼼짝 안 하시잖아. 정말로 돌아가셨다고."

형이 엄숙한 표정으로 최종 판결을 내렸다. 결국 늙은이는 내일을 모른다고 했던 할아버지의 말씀이 옳았다. 할아버지에게 더 이상의 내일은 없는 것이다.

우리는 잠시 침묵을 지키며 할아버지의 얼굴을 쳐다보았다. 죽은 사람의 얼굴을 이렇게 가까이서 보는 건 처음이었다. 커다란 두 눈은 굳게 닫혀 있었고 두 뺨은 움푹 꺼졌으며 조금 벌어진 입술은 보랏빛으로 변해 있었다. 나는 할아버지의 눈꺼풀을 유심히 쳐다봤는데, 그것은 공연이 끝났을 때 위에서부터 천천히 내려와 무대를 가리는 커튼 같기도 했다. 할아버지는 아무도 보는 사람이 없는 가운데 기나긴 삶을 조용히 마감한 것이었다.

나는 할아버지가 오래전부터 죽음을 준비해왔다는 사실을 상기했다. 할아버지는 자신이 입고 있는 옷만큼은 깨끗이 빨아 입곤 했는데, 언제 죽을지 확실히 모르기 때문에 그러는 것 같았다. 또, 자신이 죽는 날까지 성경 책을 읽다 잠들었다는 걸 하나님께 증명하기 위해 잠들기 전에는 항상 성경 책을 머리맡에 펼쳐두었다.

"할아버지, 할아버지!"

나는 목 놓아 할아버지를 불러보았다. 혹시라도 할아버지가 다시금 눈을 뜨지 않을까 해서였다.

"할아버지, 할아버지……!"

나는 또다시 할아버지를 불러보았다. 할아버지는 역시나 꼼짝도 하지 않으셨다. 형 말마따나 정말로 술 때문에 돌아가신 걸까? 나는 숨을 헐떡거리며 형을 쳐다봤다. 무슨 말이라도 하고 싶었지만 너무도 무서웠기 때문에 아무런 말도 할 수가 없었다.

"젠장, 난 결국 이렇게 될 줄 알았어. 의사 선생님이 그렇게 마셔 대다간 오래 못 버틴다고 하셨으니까."

"그치만 꼭 술 때문만은 아니지, 형?"

나는 울먹이고 있었다. 어찌나 겁이 나던지 오줌이 다 마려웠다.

"겁낼 것 없어. 누구 탓도 아니니까."

형은 한동안 암말도 않고 앉아만 있었다. 딱히 무슨 생각을 하는 것 같지는 않았다. 그냥 너무도 막막해서 그러고 있는 걸 테지. 나 역시 아무런 생각도 할 수 없었다. 내 감정은 돌처럼 딱딱해져서 아무것도 느낄 수 없었으니까.

예전에 나는 울보였다. 하지만 이제는 울지 않는다. 왜냐하면 나는 이제 열세 살이 되었고, 열 살이 넘은 사내아이가 자기 감정을 마음껏 드러내면 사람들이 이상하게 여길 것이기 때문이다. 게다가 나는 정말이지 아무것도 느낄 수 없었다. 이 순간에 내가 뭔가를 느껴야 한다면 그건 오로지 두려움뿐인 것 같았다. 할아버지가 돌아가시고 나서야 나는 내가 아직은 어린애라는 것을 알게 되었다.

돌이켜보면 할아버지는 평소에도 그다지 정상은 아니셨다. 어떤 날은 온종일 술에 취해 떠들어댔고 또 어떤 날은 어린애처럼 의기소침해져서 멍하니 옥상의 평상에 앉아 있기만 했다. 내 나이와 이름을 물어보는 횟수가 점점 잦아졌고, 집 밖으로 나가는 걸 두려워했다. 날이 갈수록 할아버지는 오로지 자기 자신에게만 관심을 가졌고, 젊고 힘 있던 자신의 옛 시절을 떠올리며 행복해했다. 그 시절에는 고통과 행복이 한가족처럼 자신을 따라다녔다고 했다. 그런 말을 들으면 나는 다 이해가 간다는 듯 고개를 열심히 끄덕거렸다. 사실 상 할아버지가 하는 말에 대해선 뭣도 모르면서 말이다. 나는 할아버지의 영혼이 우리가 있는 곳이 아닌 어디 저 멀리 다른 곳으로 달아나버릴까 봐 열심히 할아버지의 얘기를 들어주었다. 할아버지의 얘기를 듣고 있노라면 세상 사람 누구도 펼쳐보지 않은 두툼한 책을 보고 있는 것 같은 느낌이 들었으니까. 해결할 수 없는 질문들로만 가득 차 있는 그런 책 말이다. 그런 책을 좋아할 사람이 세상에 몇이나 될까? 나는 다 읽지도 않은 책을 반납해야 했을 때처럼 미련이 남아서 다시 할아버지의 얼굴을 쳐다보았다. 할아버지는 반듯하고 꼿꼿하게 누운 채 영혼의 서가에 꽂히기를 기다리고 있었다.

나는 할아버지가 우리에 대해 했던 말을 떠올렸다. 할아버지는 술만 드시면 자신이 일찍 죽지 못하는 건 순전히 우리 탓이라며 몹시 화를 내시기도 했다. 그러면서도 늘상 약이란 약은 잘도 챙겨 드셨지만.

나는 더 이상 할아버지를 괴롭혀드리고 싶지 않았기 때문에 엄마를 찾아야겠다고 생각했다. 엄마가 돌아오면 할아버지가 한결 편해질 테니까. 형에게 엄마를 찾아보자고 얘기한 적도 있다. 형은 정색을 하면서 이렇게 말했다.

"엄마는 벌써 결혼했을 거야. 그리고 아이도 낳았을 거고. 넌 우리 엄마가 다른 놈의 엄마가 되어 있는 꼴을 보고 싶냐?"

그 말을 듣고 형하고는 엄마 얘기를 해봐야 별수 없다는 걸 깨달았다. 그래서 그 후로는 입을 다물어버렸다. 대신에 나중에 청년이 되면 테러리스트가 되어야겠다고 마음먹었다. 은행이나 백화점에 들어가 인질들을 붙잡아놓고 경찰과 협상을 벌이는 거다. 내 요구는 단순하다. 당장 엄마를 찾아내서 내 앞에 데리고 올 것. 그러면 방송국에서도 나를 촬영하려고 야단일 테고 전국의 모든 사람들이 텔레비전 앞에 앉아 내 얼굴을 보게 될 테니까. 만일에 경찰이 정말로 내 엄마를 찾아내서 데리고 온다고 해도 눈 하나 깜짝하지 않겠다. 그러고는 엄마가 보는 앞에서 인질들을 마구 괴롭히는 거다. 그러면 엄마는 자식을 버린 게 얼마나 나쁜 일인지 알고는 뒤늦게라도 용서를 구할 것이다. 물론 나는 전혀 동요하지 않겠다. 또 용서란 내가 할 수 있는 것도 아니다. 그건 오로지 세월만이 할 수 있는 거니까.

하지만 청년이 되려면 아직 멀었다. 그래서 당분간 엄마 생각은 하지 않으려고 했다. 그러지 않으면 정말로 테러리스트가 되기 십상이니까.

아무튼 할아버지 표현에 따르면, 우리 같은 천덕꾸러기들을 돌봐야 했던 불쌍한 늙은이는 아무도 모르게 저세상으로 가셨다. 돌아가신 할아버지를 위해 우리가 할 수 있는 일은 목사님께 할아버지의 죽음을 알리는 것이었다. 그래야만 목사님이 할아버지의 영혼을 천국으로 인도해주는 기도를 올릴 수 있기 때문이다. 하지만 우리는 그렇게 하지 않았다. 그 목사님은 정말로 사람을 귀찮게 하기 때문이었다. 형과 나는 교회에 다닐 생각이 전혀 없었다. 우리는 할아버지 머리맡에 놓여 있던 성경 책도 멀찌감치 치워버렸다. 그러고 나서 아빠에게 전화를 걸기로 했다.

형은 수화기를 들고 전화번호를 눌렀다. 나는 형 옆에 바짝 붙어서 통화 연결음을 들었다. 형이 몇 번이고 반복해서 아빠의 휴대전화 번호를 눌렀는데도 아빠는 전화를 받지 않았다.

"쳇, 자기 아빠가 돌아가신 줄도 모르고……"

"바쁘신가 봐."

형은 몇 번인가 더 전화를 걸어보았다. 하지만 역시 연락이 되지 않았다. 우리는 또 한동안 가만히 앉아 있었다. 도대체 뭘 해야 할지 알 수 없어서였다. 그냥 멍하니 앉아 있는 게 우리가 할 수 있는 일의 전부였다.

얼마쯤 시간이 흐르자 형이 리모컨을 들어 텔레비전을 켰다. 아홉 시 뉴스 시간이었다. 혹시나 하고 열심히 뉴스를 봤지만 할아버지가 죽었다는 소식은 나오지 않았다. 그건 당연한 일이었다. 좁은 방 안에서만 지내던 가난한 늙은이가 죽었다고 해서, 달라질 건 아무것도 없다. 죽은 사람만 불쌍하지.

우리는 뉴스를 끝까지 다 봤다. 그렇게나 진지하게 오랫동안 뉴스를 본 것은 아마 태어나서 처음이었던 것 같다. 뉴스가 끝나자 배가 고팠다. 아니, 그보다 훨씬 전부터 배가 고팠는데도 잠시 잊고 있었을 뿐이다. 내가 물을 끓이는 동안 형은 라면을 사왔다. 돈은 할아버지의 주머니 속에 들어 있었다.

우리는 할아버지 옆에 상을 차려놓고 앉아 라면을 먹었다. 뜨거운 면발을 식히려고 후후 불다가 국물이 할아버지의 얼굴에 튀기도 했다. 할아버지는 역시나 꿈쩍도 하지 않으셨다. 그걸 보니 죽는다는 건 어쩌면 좋은 것일지도 모른다는 생각이 들었다. 아무것도 느낄 수 없으니까 말이다.

상을 치우고 나서 형과 나는 부엌 싱크대 앞에 나란히 서서 칫솔질을 했다. 주방 옆에 화장실이 있는데도 그냥 거기서 씻었다. 다 씻고 난 다음 할아버지와 조금 떨어진 곳에 이불을 폈다. 눕기 전에 형은 얇은 하얀 이불로 할아버지의 얼굴을 덮어드렸다. 그렇게 하니까 텔레비전에서 보았던 시체와 다를 게 없었다. 그래서 내가 이불을 치우는 게 어떻겠냐고 말했더니 형이 대답했다.

"나도 그럴 생각이었어, 이 멍청아."

"누가 멍청인데?"

나도 화가 나서 대꾸했다. 말릴 사람도 없는데 실컷 싸움이나 했으면 좋겠다는 생각이 들었다. 하지만 형이 말하길, 싸움은 서로 힘이 비슷한 사람끼리 하는 거라고 했다.

"그나저나 이제 어떻게 하냐……"

팔베개를 하고 누운 형이 혼잣말처럼 중얼거렸다. 꼭 대답을 듣기 위해서라기보다는 너무도 막막해서 던져보는 질문 같았다. 나는 온 벽을 가득 메운 새 그림을 보고 있었다. 이제 보니 썩 잘 그려진 그림 같았다. 셀 수 없이 많은 새 그림들 가운데 어느 하나 똑같은 그림이 없는 걸 보면.

"형, 잠이 안 와."

"응, 나도."

"할아버지가 돌아가셨으니 이제 우린 아빠랑 살게 될까?"

"젠장, 그런 말 마. 난 죽어도 그 집에서 살고 싶진 않으니까."

"그건 나두 그래."

그러고 나서 우리는 한동안 아무 말 없이 누워 있었다. 이런저런 생각을 하느라고 머릿속이 복잡했다. 나는 내가 벌써 열세 살이라는 사실을 떠올렸다. 할아버지는 늘 열 살이 넘으면 더 이상 어린애가 아니라고 했다. 혼자서도 자기 삶을 책임져야 할 나이라는 것이다. 그러면서 할아버지는 우리가 손수 우리 옷을 빨아 입어야 한다고 주장했다. 그때 당시에는 그 말이 억지스럽게 들렸지만 지금은 할아버지가 왜 그런 말을 했는지 알 것 같았다. 졸지에 우리는 보호자 없이도 살아야 할 신세가 된 것이다. 하지만 나는 한 번도 시체와 살게 되리라고는 생각해본 적이 없었기 때문에 정말로 어찌해야 좋을지 알 수 없었다.

혼자서 이런저런 생각을 하고 있는데 자리에 누워 있던 형이 갑자기 몸을 벌떡 일으켰다. 그러고는 교복 주머니에서 담배를 꺼내 가지곤 밖으로 나가버렸다. 형의 빈자리 너머에 할아버지가 누워 계신 걸 보고 나는 깜짝 놀랐다. 순간 내 입에서 엄마야, 하는 소리가 절로 새어 나왔다. 나는 부리나케 일어나 형의 뒤를 따라갔다.

나는 추위에 벌벌 떨면서 형이 담배 피우는 것을 쳐다봤다. 깜깜한 밤공기 위에 형이 내뿜은 담배 연기가 잘도 떠다녔다. 그걸 보자 왠지 오줌이 마려웠다. 나는 물탱크 옆의 조그만 화분들이 늘어서 있는 곳으로 가서 볼일을 봤다. 방으로 들어가기 전에 형이 하늘을 한 번 쳐다봤다. 나도 자연스레 고개를 들었다. 밤하늘은 깜깜했고 별도 없었다. 할아버지가 돌아가셨는데도 세상이 너무 조용한 게 이상하기만 했다.

십자매 기르기

할아버지가 벽에 새를 그리기 시작한 것은 자신이 키우던 십자매가 죽고 난 이후부터였다. 할아버지는 그 새를 정말로 정성스레 돌보았다. 매일 아침 우유통을 잘라 만든 모이통에 먹이를 넣어주고 물통의 물을 갈아주었다. 노란 깃털을 가진 그 조그만 새는 아주 큰 소리로 노래를 부르곤 했는데 듣기에 따라서는 소음 같았지만 할아버지는 그 소리를 아주 좋아했다. 새가 노래한다는 건 아직 이곳이 살 만하다는 뜻이라고 했다.

어느 날 아침, 할아버지는 반쯤 정신이 나간 얼굴로 문 앞에 놓인 새장 앞에 앉아 있었다. 쭈그려 앉은 채 하염없이 새를 지켜보고 있었다. 가끔씩 자신의 회백색 머리칼을 쓸어올리는 것을 빼고는 꼼짝도 하지 않았다. 나는 할아버지가 평소에도 가끔씩 멍해진다는 것을 알고 있었기 때문에 별 신경을 쓰지 않았다. 서두르지 않으면 지각할 수도 있었다. 하지만 그날은 조금 이상했다. 할아버지의 얼굴은 뭔가 끔찍한 것을 본 것처럼 고통으로 일그러져 있었다. 그런데도 나는 태연한 척 김에 싼 밥을 먹고 있었다.

그러다 어느 순간, 할아버지가 갑자기 몸을 벌떡 일으켰다. 그러고는 누가 자신을 부르기라도 한 것처럼 주위를 두리번거렸다.

"할아버지?"

할아버지는 멍한 표정으로 나를 쳐다봤다. 나는 뭔가 심상치 않음을 깨달았다.

"할아버지……?"

괜스레 가슴이 내려앉았다. 할아버지는 무언가에 놀란 어린애처럼 얼떨떨한 얼굴로 고개를 꼿꼿이 쳐들었다.

"왜 그러세요, 할아버지?"

할아버지는 자신의 앙상한 손가락으로 머리카락을 쓸어내렸다. 그러고는 힘없이 고개를 떨어뜨렸다.

"새가, 죽어버렸어……"

그 말을 하고 난 뒤 할아버지는 허깨비처럼 그 자리에 주저앉았다. 나는 뭔가 할 말을 찾았지만 아무 말도 생각나지 않았다. 사실상 나는 새가 죽은 것은 그리 큰일도 아니라고 생각했다. 단지 할아버지가 걱정될 뿐이었다.

할아버지는 그날 이후로 부쩍 이상해지셨다. 폐지를 줍는 일도 그만두고 온종일 텅 빈 새장 앞을 지키고만 계셨다. 가끔은 알아들을 수 없는 혼잣말을 중얼거리기도 하고 새벽에는 겁에 질린 비명

소리를 내며 잠에서 깨기도 했다. 기침약은 꼬박꼬박 챙겨 드셨지만 날이 갈수록 할아버지의 기침은 더욱 심해져만 갔고 멍하니 있는 시간도 늘어갔다. 나는 그런 할아버지를 위해 매일 저녁 플루트를 불었다. 할아버지가 좋아하실 만한 곡들을 골라 열심히 불었는데도 할아버지는 별다른 관심을 보이지 않았다. 평소 같으면 음정이 불안하다는 둥, 태도가 어쨌다는 둥 잔소리를 해댔을 것이다. 나는 일부러 틀리게 연주하기도 했다. 하지만 할아버지는 암말도 하지 않았다. 예전에 연습량이 적다고 온종일 잔소리를 해대던 그 할아버지가 맞나 싶을 정도였다. 확실히 새가 죽은 뒤로는, 그 무엇도 할아버지의 관심을 끌지 못했다.

할아버지는 독일에 있을 때 처음 플루트라는 악기를 알게 되었다고 했다.

"그 조그만 악기에서 그토록 어여쁜 소리가 나올 줄 누가 알았겠니. 난 보통 사람이 되기는 싫었단다, 얘야. 그래서 옆집에 사는 처녀를 졸라 플루트를 배우기 시작했지."

그 처녀는 할아버지처럼 돈을 벌기 위해 독일에 온 한국인 간호사로 이런저런 악기들을 꽤나 잘 다루었다고 했다.

"또다시 말해주련? 난 거기서 플루트를 불 줄 아는 특별한 광부였어. 그곳 사람들이 광부의 피리 소리를 들으려고 엄청나게 몰려들곤 했단다. 정말로 굉장했지!"

할아버지는 술에 취한 채 그렇게 떠들어대곤 했다. 그러면 나는 할아버지의 말이 사실인지 아닌지 궁금해서 이렇게 물었다.

"할아버지, 할아버지는 독일에서 그렇게 열심히 일하셨는데 지금은 왜 이렇게 가난한 거죠?"

내가 그렇게 물으면 할아버지는 갑자기 얼이 빠져서 천천히 나를 쳐다봤다.

"젊었을 때 나는 열심히 일을 했지. 하지만 독일에 간 적은 없어…… 거기가 도대체 어디냐?"

매사가 그런 식이었기 때문에 나는 할아버지를 신뢰하지 않았다. 할아버지는 평소에도 그다지 정상은 아니었으니까.

하지만 할아버지가 처음부터 그랬던 건 아니다. 형과 나를 맡게 되었을 당시에는 목소리도 크고 힘도 셌다. 수레 가득 폐지를 싣고도 오르막길을 거뜬히 올랐다. 그때의 할아버지는 기쁜 일이 없어도 큰 소리로 웃으셨고, 노래도 곧잘 하셨다. 하지만 병원에서 자신이 오래 살지 못할 거라는 말을 듣고 난 후로는 갑자기 의기소침한 늙은이로 변해서 삶의 모든 것에 의심을 품기 시작했다. 장난기 가득했던 표정이 사라지고, 흥분하면 높아지곤 했던 고함도 잦아들었다. 쪼그라든 입술은 더 이상 노래하지 않았고 병든 강아지처럼 눈곱이 덕지덕지 끼기 시작했다. 할아버지는 철사 줄로 꼼꼼하게 손질해놓은 낡은 수레를 골목길에 세워둔 채 땅바닥에 주저앉아 하염없이 시간을 보내기도 했다. 삶이 자신에게 더 이상 줄 게 아무것도 없음을 알고 나서 갑자기 맥이 빠져버린 것 같았다. 나는 벌어진 상처에 소금을 뿌린 것처럼 속이 쓰렸지만 아무것도 할 수 없었다. 할아버지는 내게 모든 것을 가르쳐주셨지만 의심 많은 늙은이를 어떻게 위로해야 하는지는 자신도 몰랐던 것 같다. 그래도 할아버지는 내게 플루트 교본의 정석인 「모이즈 소노리테」를 끝까지 가르쳐주셨다. 마치 이 세상에서 끝내야 할 마지막 숙제라도 되는 양 경건한 얼굴로 복식호흡과 비브라토 같은 연주 기법을 가르쳐주시곤 했다.

할아버지는 내가 언젠가는 가난한 사람들을 위해 연주하게 될 거라고 말하곤 했지만 그런 말은 가슴에 와 닿지 않았다. 나는 아직 어렸고, 내가 다른 사람을 위해 무언가를 한다는 건 생각도 못 해본 일이었다. 나는 이미 내 문제만으로도 골치가 아팠으니까.

조그만 바가지에 물을 담아 할아버지 옆에 가서 앉았다. 그걸 보고 형이 뭐라고 중얼거렸지만 상관하지 않았다. 형이 그러거나 말거나 흰 수건에 물을 묻혀 할아버지의 얼굴을 닦아드리기 시작했다. 누구든지 생일엔 특별히 멋져 보일 필요가 있다. 암만 죽은 사람이래도 체면은 있는 법이니까. 그렇게 하고 나니 할아버지가 살아 계실 때와 별반 다를 게 없는 것 같았다. 형은 아무래도 찜찜했는지 친구와 약속이 있다면서 밖으로 나가버렸다. 나는 시멘트처럼 굳어버린 할아버지의 얼굴을 바라보며 일흔번째 생신을 축하드린다고 말했다.

일요일인데도 도서관에는 사람들이 많았다. 열람실에 빈자리가 없을 정도였다. 할 수 없이 사서 아줌마가 일하는 도서 검색대 옆 소파에 자리를 잡고 앉았다. 나는 사서 아줌마를 쳐다보고 있는 게 좋았기 때문에 거기서 계속 그러고 있었다. 그녀는 내게로 고개를 돌리고는 한쪽 눈을 찡긋거리며 웃었다. 나는 괜스레 얼굴이 빨개져서 고개를 돌려버렸다. 그러고는 자리에서 일어나 이런저런 책들이 꽂혀 있는 서가를 기웃거렸다. 벌써 그곳에 있는 책들을 많이 읽었기 때문에 마땅히 읽을 만한 책을 고르기가 쉽지 않았다. 겨우 한 권을 들고 소파로 돌아와 책장을 넘기기 시작했다.

그 책은 『잃어버린 시간을 찾아서』라는 제목의 책이었는데 도무지 무슨 말인지 알아먹을 수 없는 말뿐이었다. 소설 속 주인공이 마들렌을 먹으며 자신의 어린 시절을 떠올리는 그렇고 그런 내용인지라 책장을 덮고는 자리에서 일어났다. 때마침 사서 아줌마도 자리에서 일어났기 때문에 얼른 책을 제자리에 갖다 놓고 그녀를 뒤따라 나갔다. 그녀는 전면이 통유리로 되어 있는 휴게실로 들어갔다. 나는 그녀와 조금 떨어진 곳에, 커피 자판기가 있는 쪽에 앉았다. 그랬더니 그녀는 나를 보고 한껏 다정한 미소를 지으며 이렇게 말하는 것이었다.

"밥 먹었니?"

나는 누군가 내게 밥은 먹었냐고 물어볼 때가 가장 기쁘다. 그건 그 사람이 내게 관심이 있다는 뜻이기 때문이다. 하지만 동정은 받고 싶지 않아서 조금 전에 먹었노라고 대답했다. 사실은 몹시 배가 고팠는데도 말이다. 그녀는 갑자기 자리에서 일어나 내게로 왔다. 그러고는 그 희고 통통한 손을 뻗어서 지저분한 내 옷깃을 가지런히 바로잡아주었다. 마치 내 엄마라도 되는 듯이.

"그럼 우리 음료수나 마실까?"

그녀는 자판기에 동전을 넣고 음료수를 두 개 뽑았다. 처음에는 사양했지만 다른 사람의 호의를 계속 거절하는 것도 예의가 아닌지라 결국 못 이기는 척 하나를 건네받았다. 그녀와 나는 말없이 음료수를 홀짝거리며 창밖을 구경했다.

"아줌마."

그녀가 나를 쳐다봤다. 고개를 빳빳이 세우고 그녀의 커다란 눈동자를 봤다. 그 눈동자는 정말로 물처럼 맑았다.

"사랑하는 사람이 죽으면 울어야 하나요?"

마음속에 품고 있던 말을 끝내 꺼내고 말았다. 그녀는 알 듯 모를 듯 고개를 갸웃거리더니 이내 한숨을 내쉬었다.

"글쎄다, 그건 정말 어려운 질문이네."

"별로 어렵진 않아요. 그냥 울어야 되는지 말아야 되는지 가르쳐 주시면 되잖아요."

"그러니까 그게…… 자신도 모르게 저절로 눈물이 흐른다면 모를까, 억지로 울 것까진 없지 않겠니?"

그 말은 어느 정도 맞는 말이었다. 나도 속으로는 그렇게 생각하고 있었으니까. 나는 다시금 그녀에게 물었다.

"그렇다면 사랑하는 사람이 죽었는데도 울지않으면요? 그건 틀림없이 나쁜 아이죠?"

내 말에 그녀는 한참을 생각했다. 그러고 나서 이렇게 말했다.

"슬프다고 해서 꼭 울라는 법은 없지. 그렇다고 나쁜 아이는 아니란다, 얘야. 슬픔을 표현하는 방법은 저마다 다르거든. 그런데 왜 그러지? 무슨 일이 있었던 거야?"

"아뇨, 그냥…… 난 늘 그런 게 궁금해요. 이런저런 쓸데없는 것들이 말이에요."

"그건 나도 그래. 나도 항상 쓸데없는 걱정을 하면서 살지. 알고 보면 두려움이란 것은 아무런 실체도 없는데 말이야."

나는 암말도 하지 않았다. 대신 그녀의 맑은 눈을 계속해서 쳐다보았다. 그녀가 내 엄마였으면 좋겠다는 생각이 들었다. 나는 좋은 아들이 될 수 있을 것이다. 그건 혼자 사는 그녀를 위해서도 좋은 일이다. 하지만 내게는 이미 엄마가 있다. 어디에 있는지는 모르지만 아무튼 어딘가에 살고 있다. 그것만은 확실하다. 때마침 그녀의 휴대전화가 울리기 시작했다. 나는 누군가와 통화를 하는 그녀 앞에 멍하니 앉아 있었다.

통화를 마친 후 그녀는 내게 요즘도 플루트를 부느냐고 물었다. 나는 어깨를 으쓱거리며 말했다.

"우리 할아버지는 제 연주가 십자매만도 못하대요. 새처럼 노래하려면 멀었다고……"

"맞아, 좋은 음악을 연주하려면 피나는 연습이 필요한 법이지."

"하지만 뭣 때문에요? 전 음악가가 될 것도 아닌데."

"그럼 넌 뭐가 되고 싶니?"

"전 아마도 깡패나 게이가 될 거예요. 아니면 그 밖의 온갖 못된 짓거리를 하는 사람이 되겠죠, 뭐."

그녀는 조금 놀란 것 같았다. 나는 그런 그녀를 멀뚱히 쳐다봤다.

"하지만 네가 그런다고 누가 알아주겠니? 결국 손해 보는 쪽은 너 자신일 텐데."

그녀는 의자가 좁은지 자신의 커다란 궁둥이를 뒤틀면서 힘겹게 말했다. 그 말을 듣고 부끄러움을 느꼈다. 하지만 내색하지는 않았다.

"물론 네 처지가 조금 어렵다는 건 알아. 하지만 어려운 상황에 처해 있다고 해서 모두가 다 똑같은 삶을 사는 건 아니야. 어떤 사람들은 어려움을 통해 자기 자신이 나아갈 길을 더 분명히 정하기도 한단다. 인간이란 다양하고 모순된 존재들이기 때문이지. 그러니까 함부로 그런 말을 하면 못써. 네 생각이 전부 옳다고 단정 지어서도 안 되고."

그녀는 단호했다. 그녀의 검은 눈동자는 완강하게 흰자위에 박혀 있어서 움직일 줄 몰랐다. 그걸 보고 그녀가 정말로 나를 걱정하고 있다는 것을 알았다. 그래서 우리 집에 시체가 있다는 말을 하는 대신 이렇게 말했다.

"네, 알겠어요. 하지만 제가 만약 아줌마라면 저에게 그런 이야길 열 번 해주느니 차라리 돈을 주겠어요. 불쌍한 아이에게 가장 필요한 게 바로 돈이거든요."

"요 귀여운 녀석…… 정말로 맹랑하다니까. 하지만 난 네가 불쌍하다고는 한 번도 생각해보지 않았는걸?"

"흥, 고작 돈 몇 푼이 주기 싫어서 그러는 거지요?"

그녀는 가만히 내 눈을 들여다봤다. 그러곤 이렇게 말했다.

"돈이 생기면 어디에 쓸 건지 얘기해줄 수 있겠니?"

"그건 간단해요, 지금 당장 도서관을 나가서 집으로 가는 거죠. 저희 집으로 가는 길에 냄새나는 하수도가 있는데 거기에 돈을 버릴 거예요. 아줌마가 얼마를 주든 상관없이요."

나는 그녀의 커다란 눈동자를 똑바로 쳐다보며 말했다.

"왜 그런 짓을 하려는 거지?"

"그냥요, 그냥 심심해서……"

그녀는 천천히 자리에서 일어났다. 그러고는 창밖을 한번 보고 나서 나에게 이렇게 말했다.

"누군가를 좋아하는 것과 이해하는 건 정말 다르구나……"

그녀는 낮게 한숨을 내쉬었다. 그러곤 자신이 돌아올 때까지 기다리고 있으라고 말한 다음 자기 자리로 갔다. 나는 휴게실 의자에 앉아 그녀가 준 음료수를 홀짝거리며 뚱뚱한 그녀가 제자리를 찾아 열람실의 통로를 걸어가는 모습을 지켜보았다. 잠시 후 그녀는 다시 휴게실로 돌아와 내 앞에 앉았다.

"자, 받아라. 많이는 줄 수 없어 안타깝구나. 실은 나도 부자가 아니거든."

그녀가 웃으며 내게 돈을 건넸다. 생각보다 많은 돈이었지만 나는 잠시 망설이다 돈을 받았다. 그녀를 슬프게 하는 게 좋았기 때문이다. 누군가 나 때문에 슬퍼할 수도 있다는 사실을 오늘 처음 알게 된 것 같았다.

"생각해보니 나도 돈을 버리고 싶었던 적이 있었던 것 같아. 용기가 없어 하지 못했지만…… 네가 나 대신 이 돈을 버려준다면 그

거야말로 고마운 일이지. 나도 가끔은 엇나가고 싶을 때가 있거든."

그녀가 무슨 말을 하는지 도통 알아먹을 수가 없었다. 어쨌든 그녀가 나한테 별다른 기대를 하지 않았으면 했다. 그녀는 이제 나를 정말로 막돼먹은 녀석이라고 생각하게 될 것이다. 그래서 앞으로는 나에게 충고도 해주지 않을 것이고, 엄마처럼 따뜻한 목소리로 내게 맞는 책을 권하지도 않을 것이다. 휴게실에서 만나도 음료수 하나 뽑아주지 않을 것이며 내게 밥은 먹었느냐고 물어보지도 않을 것이다. 무엇보다도 그녀는 이제, 나 때문에 슬퍼하지도 않을 것이다.

정말이지 나는 내가 왜 그랬는지 모르겠다. 정말로 머리가 어떻게 되어버렸거나 잠시 잠깐 다른 아이가 되고 싶었던 건지도. 그녀가 열람실로 돌아가버리고 나자 나는 나 자신이 미워졌다. 나는 쪼다처럼 굴고 싶은 생각은 전혀 없었지만 결국은 그렇게 해버렸다. 정말로 나는 어찌 살아야 할지 모르겠다.

"어, 눈 온다!"

뒤를 돌아다보니 어떤 여자애가 유리창에 코를 박고 선 채 혼잣말로 중얼거리고 있었다. 나는 그 애를 서너 달 전에 알았지만 아직 한 번도 말을 나눠본 적은 없었다. 그 애가 쉬는 날이면 온종일 열람실의 창가 쪽 자리에 앉아 책을 읽는다는 것도 알고 있었다. 언젠가 한번 그 애 옆자리에 앉았던 적이 있는데 그 애가 무척 빠른 속도로 책장을 넘기는 걸 보고 깜짝 놀랐다. 300페이지도 넘는 책을 그 애는 단 두 시간 만에 읽어버렸다. 그걸 보고 혹시 천재가 아닐까 하고 생각한 적도 있었다. 하지만 천재는 아닌 것 같았다. 책을 읽지 않을 때 그 애는 항상 웃고 있는데, 천재라면 그렇게 바보스럽게 웃지는 않을 것이다. 천재들은 항상 심각하니까.

얼굴을 익히고 난 뒤에는 학교에서도 종종 그 애를 볼 수 있었다. 나는 그 애가 5반이라는 것과 이름이 소희라는 것 외에도 늘상 혼자 지낸다는 것을 알고 있었다(그건 그 애가 모자라서 그렇다기보다는 굳이 친구를 사귀려 하지 않기 때문에 그런 것 같았다).

주머니에 두 손을 찔러 넣은 채 계속해서 휘파람을 불었다. 그러곤 조심스럽게 그 옆으로 갔다. 그 애는 수줍어하는 기색도 없이 내 얼굴을 멀뚱히 쳐다봤다.

"도서관에는 혼자 오냐?"

그 애를 쳐다봤다. 돋보기만큼이나 커다란 안경알 속에 든 조그만 눈동자가 깜박거렸다.

"내 이름은 은호야, 주은호. 네 이름은 벌써 알고 있어."

그 애는 나를 향해 싱긋 웃었다. 하지만 그뿐이었다. 자신의 이름을 밝힌다거나 반갑다는 인사도 없이 다시 창밖으로 시선을 돌렸다.

"너, 배고프지 않냐?"

"……"

"내게 방금 돈이 생겼거든. 그래서 너에게 뭘 사주고 싶은데."

그 애가 아무런 반응도 보이지 않았기 때문에 기분이 나빠졌다. 그런데도 그냥 거기에 서 있었다. 달리 할 일도 없었으니까. 침묵이 이어지는 동안 그 애의 옆모습을 쳐다봤다. 여드름이 난 한쪽 뺨은

붉었고, 옆에서 바라본 코는 주먹코였다. 못생긴 이마는 얼굴의 반을 차지할 만큼 넓은 데다가 그 이마를 가려줄 머리숱도 얼마 되지 않았다.

"은호라고 했지?"

그 애가 갑자기 내 얼굴을 쳐다보며 말했다. 정말이지 그렇게 못생긴 얼굴은 처음 보는 것 같았다. 그 애가 예쁘지 않다는 건 진작 알았지만 이렇게 가까이서 보니 더 못생겨 보였다.

"나한테 먼저 말을 건 사람은 네가 처음이야."

그 애가 웃는 얼굴로 나를 쳐다봤다. 그 웃음은 어떤 불행이 닥쳐도 결코 떠나지 않을 것처럼 그 애 얼굴에 착 달라붙어 있는 것 같았다.

"빨리 대답 못해서 미안해. 실은 지금 머릿속이 좀 복잡하거든."

나는 그렇게나 말과 표정이 일치하지 않는 사람을 본 적이 없었다. 머릿속이 복잡한 사람치고 그 애는 너무도 환히 웃고 있었던 것이다.

"방금 전에 어떤 아줌마를 만나고 왔어. 근데 그 아줌마는 자신이 채식주의자라면서 목에는 여우 목도리를 하고 있더라. 그래서 난 지금 생각 중이야."

"뭘?"

"인간에 대해서 말이야."

나는 아무 말도 할 수 없었다. 대체 무슨 말을 할 수 있겠는가. 그래서 그냥 입을 다물고 서 있었다.

"그리고 방금 깨달았어. 그게 바로 인간이라는 걸…… 하긴, 자연 속에서 살겠다고 산을 깎아 별장을 짓는 사람도 있으니까."

"저기, 네 말을 이해 못하는 건 아니지만…… 난 지금 배가 고프다고. 그래서 뭘 좀 먹어야 할까 봐."

"혹시 너도 채식주의자니?"

"빌어먹을, 난 채식주의자도 뭣도 아냐. 넌 뭣하러 그딴 걸 생각하냐?"

"인류를 위해서야. 지금이라도 우리가 지구를 돌보지 않으면……"

"어휴, 제발 좀 닥쳐줄래? 난 지금 배가 고프다고. 지구를 돌보든 여우를 돌보든 너 혼자 실컷 해라, 난 갈 테니까."

나는 그 애한테 말을 건 것을 후회했다. 확실히 그 애는 천재였던 것이다. 아니면 바보이거나. 하지만 그중 어떤 것도 정확한 건 아니었다.

진짜 사나이

나는 정말로 곤란한 일을 겪게 되었다. 집에 도착해보니 형의 담임 선생님이 옥상의 평상에 앉아 계셨던 것이다. 집에 시체가 있다는 사실을 들키게 될까 봐 다리가 다 후들거렸다. 집 안에 시체를 숨겨두면 어찌 되는지 생각해보려 애썼다. 하지만 머릿속이 멍해서 아무 것도 생각해낼 수가 없었다. 게다가 우린 시체를 숨겨둔 게 아니었다. 단지 어찌해야 할지 몰라 내버려둔 것일 뿐이었다. 정말이지 다른 사람들도 그걸 알아줬으면 좋겠다.

"안녕하세요?"

나는 선생님께 인사를 했다. 후줄근한 잿빛 양복을 입은 선생님이 자리에서 일어났다.

"꼬맹아, 잘 있었냐?"

그는 내 머리통을 부드럽게 쓰다듬었다. 나는 웃으려고 애를 쓰면서 형은 집에 없다고 말했다. 혹시라도 선생님이 집에 들어오겠다고 할까 봐 가슴이 벌렁거렸다.

"그래, 아무도 없는 것 같더구나."

"그걸 어떻게 아세요? 혹시 들어가보신 건 아니죠?"

나는 헐떡이려는 숨을 참으며 물었다. 그는 빙긋 웃으면서 태평스럽게 고개만 끄덕이고 있었다.

"그나저나 아버지는 언제 오시겠다고 하디?"

"제발요, 가르쳐주세요. 정말 집 안에는 안 들어가신 거예요? 그런 거예요?"

"요놈아, 그게 그렇게 궁금하냐?"

"아뇨, 그렇진 않아요. 전 단지 선생님께서 뭔가를 알고 계신 것 같아서……"

"내가 말이냐? 내가 뭔가를 알고 있다고?"

나는 충혈된 눈을 깜박거리며 고개를 끄덕거렸다. 정말이지 무서워서 죽을 것만 같았다.

"대체 뭔 소린지 모르겠네…… 난 여기서 꼼짝도 안 했다. 주인도 없는 집에 들어가지 않았다고."

그 말을 듣고 안심이 되었다. 그래서 다시금 침착한 목소리로 이렇게 말했다.

"실은 저도 열쇠가 없어서 집에 들어가질 못해요. 형이 올 때까지 기다려야 되거든요. 참, 아까는 뭐라고 하셨죠?"

"아버지가 언제 오시는지 물었다."

나는 어깨를 으쓱거렸다. 아빠가 언제 올지 알고 있는 사람은 오로지 아빠 자신뿐이기 때문이었다.

"몰라요, 오고 싶을 때 오겠죠. 아빤 우리한테 관심도 없으니까."

"그래도 집에는 오실 것 아니냐."

"가끔씩요, 일 년에 한두 번 정도만. 다른 여자와 살고 있거든요."

"재혼하셨니?"

"네."

"음, 그랬구나…… 그럼, 할아버지는? 할아버지는 언제 만나뵐 수 있지?"

그렇게 끔찍한 순간이 또 있을까? 나는 내 가슴속이 요동치는 것을 느꼈다. 심장박동이 빨라지고, 생각하느라 머릿속이 핑핑 돌 지경이었다. 내가 왜 그랬는지 모르겠다. 그냥 모든 걸 털어놓고 잘못했다고 빌면 될 것을. 하지만 어떤 말은 바로 그 순간에 하지 않으면 영영 할 수 없게 되어버린다. 특히 나는 시체를 숨겨둔 것 때문에 감옥에 가게 되지나 않을까 잔뜩 겁을 먹고 있었다. 그래서 선생님께 거짓말을 했다.

"할아버진 안 계세요. 아직 일이 안 끝나셨을 텐데요, 뭘."

선생님은 할아버지께선 일요일에도 일을 하시느냐고 물었다. 나는 침착하게 그렇다고 대답했다.

"그렇담 할 수 없지. 네가 내 대신 형한테 전해라. 학교에 꼭 나오라고 말이다."

"어차피 좀 있으면 방학인데요, 뭘."

"그래도 남은 출석 일수를 채워야 졸업을 할 수가 있단다."

"알았어요, 잘 얘기해볼게요."

"그럼, 난 너만 믿고 가야겠다."

"믿는 도끼에 발등 찍힐지도 몰라요."

"오냐, 그럴지도 모르지. 그래도 한번 믿어볼란다."

나는 그 선생님이 정말로 좋은 분이라고 생각했다. 지금까지 형에게 이토록 끈질긴 관심을 보인 사람은 없었으니까.

형은 그날 저녁 늦게야 집에 왔다. 얼굴이 빨갰고 입에서 독한 술냄새가 났다. 형은 하루빨리 어른이 되려고 별짓을 다한다. 마치 자신이 어른이 되기만 하면 우리 집에 끈덕지게 눌러 앉았던 불행이 하루아침에 보따리를 싸서 떠나버리기라도 할 것처럼 말이다. 하지만 나는 그런 순진한 기대는 접은 지 오래다. 다만 이 모든 상황에 빨리 익숙해지고 싶을 뿐이다. 어른이 된다는 건 단지 모든 것에 익숙해진다는 뜻이니까. 나는 형의 얼굴에 난 상처를 보며 낮에 선생님이 찾아왔었다고 말했다. 그런데도 형은 눈 하나 깜짝하지 않고 콧방귀를 뀌며 자리에 누워버렸다. 형이야말로 마치 오래전부터 할아버지가 돌아가시기를 기다려온 사람 같았다.

"야, 배고파. 밥 좀 차려."

형이 팔베개를 하고 누운 채 명령조로 말했다. 나는 방 한가운데 밥상을 펴고 그 위에 책을 펼쳐놓으며 말했다.

"배고프면 형이 차려 먹어, 난 배 안 고파."

실은 배가 고팠다. 점심 때 이후 아무것도 먹지 못했으니까. 하지만 형 때문에 허기가 싹 달아나버린 것 같았다.

"좋아, 내가 차릴 테니까 먹기만 해봐라."

형이 씩씩거리고 일어나더니 가스레인지 위에 물을 올렸다. 그러고는 싱크대 문을 열었다 닫았다 하면서 라면을 찾기 시작했다.

"라면 없어. 오늘 아침에 끓여 먹은 게 마지막이었잖아."

"이 멍청아, 그럼 물 올리기 전에 말했어야지."

"형이 물어봤어?"

"아, 됐고, 가서 라면이나 사와."

"싫어."

"좋아, 그럼 나도 내 맘대로 한다."

순간 예감이 좋지 않았다. 형은 한다면 하는 사람이기 때문이었다. 게다가 형은 이미 나의 약점을 알고 있었다. 형은 재빨리 내 가방을 뒤져서 플루트를 찾아냈다. 나에게 그건 정말이지 최후의 보루 같은 물건이었다.

"이걸 버릴 거야."

"그럼 넌 죽어."

나는 이를 악물고 형을 협박했다. 무슨 수를 써서든지 형의 손에서 그걸 빼앗을 생각이었다.

"라면 사오면 돌려줄게."

"싫어."

"죽고 싶냐?"

"때릴 테면 때려봐."

곧바로 주먹이 날아들었다. 나도 지지 않고 덤볐다. 형 말마따나 백 번을 맞아도 한 번 때릴 수 있으면 되는 거니까. 나는 형의 바지를 붙잡고 놓아주질 않았다. 형은 주먹으로 내 머리통을 때리고 마구 발길질도 했다. 그 와중에도 나는 형의 손에서 플루트를 빼앗으려고 발버둥을 쳤다. 그 순간 형이 길거리로 나 있는 창을 향해 그걸 던져버렸다. 나는 냉큼 창문에 매달려서 골목길을 내다봤다. 어두워서 아무것도 보이지 않았다. 하지만 그 순간에 택시 한 대가 비좁은 골목길을 따라 오는 게 보였고 나는 질끈 눈을 감아버렸다.

플루트는 관이 세 조각으로 분리되었고 헤드 부분이 휘어져버렸다. 그걸 고친다는 건 불가능해 보였다. 그래도 나는 조심스레 그걸 주워 들고 다시 옥상으로 올라왔다. 흰 눈이 두툼하게 쌓인 평상으로 가서 눈을 치우고 앉았다. 맨발이 금세 얼어붙을 것처럼 시렸다. 숨을 내쉬기도 힘들만큼 차가운 날씨였다. 그래도 꿋꿋이 그 자리에 앉아 있었다. 나는 동상에 걸려 죽어버렸으면 좋겠다고 생각했다. 그러면 형은 오늘 있었던 일을 평생 후회하며 살게 될 텐데. 형이 그런 시시한 후회 따위나 하면서 평생을 죄인으로 사는 동안 나는 하늘나라에서 형을 실컷 비웃어줄 수도 있을 것이다.

꽁꽁 언 손으로 플루트를 꼭 쥐고 있었다. 너무 추웠기 때문에 이가 덜덜 떨렸다. 그래도 꼼짝하지 않았다. 이제 다시는 플루트를 불 수 없게 되었다는 사실 때문에 나는 얼이 빠져버렸다.

"이 멍청아, 안 들어올 거야?"

나도 모르게 흘러내린 콧물을 후루룩 빨아들이려는 순간 형의 목소리가 들려왔다. 나는 플루트를 꽉 쥐고 계속 앉아 있었다. 마음속으로는 이미 곡을 정했다. 그런 다음 주머니 속에 든 손가락을 천천히 움직여보았다. 그러자 놀랍게도 환한 음악 소리가 내 귓가에 들리는 것 같았다. 처음 할아버지의 연주를 들었을 때처럼, 빛이 온몸을 감싸는 느낌이었다. 순간 나는 빌어먹을 만큼 행복해졌다. 그래서 형이 밖으로 나왔을 때 이렇게 말했다.

"할아버지의 플루트 소리가 들려, 형."

그날 저녁은 굶었다. 함께 밥을 굶었다는 사실 때문인지 형과 나는 서로를 조금 불쌍히 여기게 되었다. 형은 내 플루트를 보더니 나보다 더 속상해하면서 정말로 그럴 생각은 아니었다고 말했다. 나는 그냥 암말도 안 했다. 대체 무슨 말이 필요하겠는가. 내가 아무리 형을 원망해봤댔자 소용없는 일인 줄 아는데. 형은 조만간 내게 새 플루트를 사주겠노라고 허풍을 떨어댔다. 나는 어이가 없었지만, 그냥 알겠다고 대답해버렸다. 그날 밤 내내 형은 내 눈치를 살피며 아양을 떨었다. 그런 형이 바보스럽게만 여겨졌다. 나는 한숨을 내쉬고는 할아버지를 쳐다봤다. 그 모든 소동에도 불구하고 할아버지는 그저 눈을 감고 계셨다.

우리는 밤늦게까지 텔레비전을 보았다. 할아버지가 살아 계셨으면 틀림없이 야단을 치셨겠지만, 어쨌든 지금은 우리 둘뿐이다. 우리가 무얼 하든 아무도 관심을 두지 않고 아무도 잔소리를 하지 않게 되었다는 사실이 자꾸만 실감났다. 나는 사람이 언제 가장 외로움을 느끼는지 형에게 묻고 싶었지만 형의 멍청한 표정을 보고 나서 그만두었다. 대신 형의 담임 선생님과 했던 약속이 떠올라 이렇게 물었다.

"내일은 학교에 갈 거지?"

"학교?"

"응, 형 담임 선생님하고 약속했단 말이야."

"그딴 거 난 필요 없다. 난 내 식대로 살 거니까."

형이 내 얼굴을 빤히 쳐다보며 말했다. 마치 꿈이라도 꾸는 듯한 표정으로 말이다. 너무도 어이가 없어서 그런 형을 멀뚱히 쳐다봤다. 형은 갑자기 활기에 차서 마구 지껄이기 시작했다.

"난 말야…… 힘 센 사람이 될 거다. 그래서 조직을 이끄는 거지. 너, 아직 그 영화 못 봤지?"

"……"

"「대부」라는 영화가 있어. 나도 며칠 전에 봤지. 근데 그 영화 속 주인공이 내가 꿈꾸던 바로 그런 삶을 살고 있었어. 그 사람 앞에만 가면 사람들이 두려워서 벌벌 떨어. 그러면 그는 무표정한 얼굴로 명령을 내리지. 그는 지금까지 내가 본 남자 중에 가장 멋진 남자였어. 그 사람을 보면 우리 아빠가 얼마나 찌질하게 사는지 알 수 있을 거야. 두고 봐라, 난 죽어도 아빠처럼 살지는 않을 테니까. 내가 아는 어떤 형이 그러는데 나한테는 소질이 있대."

"무슨 소질?"

"멍청아, 이거 말이야, 이거."

형이 허공을 향해 주먹을 휘둘렀다. 그걸 보고 나는 깊이 실망했다.

"그러니까 고작 깡패가 되려고 학교에 가지 않겠다는 거야?"

"쪽팔리게 깡패가 뭐냐?"

"그게 그거지, 뭐."

"좋을 대로 생각해. 아무튼 다시는 학교에 안 갈 거니까."

그렇게 말하고 난 뒤 형은 이부자리 위에 벌러덩 누워버렸다. 나도 텔레비전을 끄고 그 옆에 누웠다. 생각해보니 깡패가 되는 것도 나쁘진 않을 것 같았다. 아무것도 되지 않는 것보다는 무엇이든 되는 편이 나을 테니까.

"얼마 남지도 않았는데 여기서 관두면 그동안 다닌 게 너무 아깝잖아. 졸업할 거 아니었으면 진작 때려치우든지 했어야지. 지금은 너무 늦었다고."

형이 듣거나 말거나 그렇게 중얼거렸다. 형과 대화를 나누다 보니 나는 내가 무척이나 어른스럽다는 생각이 들었다. 그래서 마지막으로 멋지다고 생각되는 한마디를 남기고 잠이 들었다.

"진짜 남자라면 최소한 중학교는 나와야 돼."

나는 아이들로부터 존경받을 만한 직업을 갖는 것이야말로 진짜 남자다운 일이라는 말은 하지 않았다. 그런 말은 형에게 해봐야 별 수 없을 것이다.

천국의 아이들

쌀이 떨어져서 아침을 굶었다. 나는 하나님이 무슨 실험을 하는 건 아닐까, 하고 생각했다. 우리가 가진 것들을 서서히 하나씩 빼앗아가면 어떤 일이 벌어지는지 보고 싶어서 말이다. 나는 이미 충분히 불행한데도 하나님은 우리가 아직은 견뎌낼 힘이 있다고 생각하는 모양이었다. 만일 누군가 지금 당장 나에게 소원을 말해보라고 한다면 한 치의 망설임도 없이 하나님을 만나게 해달라고 부탁할 것이다. 하나님께 자폭하라는 말을 꼭 전하기 위해서 말이다.

형과 나는 힘없이 집을 나섰다. 어제 저녁도 굶은 데다 아침까지 굶어서인지 머릿속이 멍하고 현기증이 났다. 계단을 내려갈 때는 다리가 다 후들거렸다.

골목을 나서자 우리와 비슷한 또래의 아이들이 재잘거리며 걸어가고 있었다. 어떤 아이들은 웃고 있었고 어떤 아이들은 옆에 있는 아이와 신나게 떠들어댔다. 그 아이들을 보면서 나는 여기가 바로 천국이 아닐까 생각했다. 우리가 사는 곳은 이미 천국인데, 우리만 벌을 받아 행복을 느낄 수 없는 거라고.

사람들은 모두 다 똑같이 고통을 받고 있을 때에는 고통을 덜 느끼지만, 어떤 사람은 행복한데 자기 혼자서만 고통을 받고 있다고 생각하면 훨씬 더 괴로움을 느낀다. 그런 이유로 하나님은 일부러 우리들을 천국에서 살도록 만든 것이다. 다른 사람들이 웃는 것을 보면서 고통스러워할 수 있게 말이다.

"너무 걱정 마, 이따 학교 갔다 와서 아빠한테 가보자."

교문 앞에서 형은 내게 그렇게 말했다. 나는 멍청히 형을 쳐다봤다.

"거길 가겠다고?"

"할 수 없잖아. 전화도 안 받고."

"우리가 잘 찾아갈 수 있을까? 길도 잘 모르는데."

"그래도 할아버지를 언제까지 저대로 내버려둘 순 없어. 내가 알아보니까 시신이 부패하기도 한대. 그럼 그 냄새가 아주 죽을 맛이라서 결국엔 온 동네 사람들이 다 알게 될 거래. 그러기 전에 하루라도 빨리 아빠에게 알리는 게 좋아."

"우리도 벌을 받게 될까?"

"대체 누가 우리를 벌준단 말이냐? 할아버지가 돌아가신 게 우리 탓도 아닌데."

"그건 그래……"

"넌 아무것도 걱정할 것 없어. 아빠를 만나면 네 운동화부터 사 달라고 할 테니까."

그 와중에도 형은 나를 걱정하고 있었다. 나는 감격스러워서 내 더러운 신발을 힐끔 쳐다봤다. 앞부리가 닳고 헤져 있었다. 할아버지가 내 열두 번째 생일 때 사주신 신발이었다. 그때는 내 발에 조금 컸지만 지금은 엄지발톱이 아플 만큼 작다. 그래서 늘 뒤축을 구겨 신어야 했다. 하지만 나는 철없는 어린 동생으로 보이고 싶지 않아서 이렇게 말했다.

"괜찮아, 아직 몇 달은 더 신을 수 있어."

"정말이야?"

"응."

"그렇게 해, 그럼. 아빤 돈이 많지는 않을 테니까."

맙소사.

형은 내 깊은 뜻을 헤아리지 못했다. 그건 형 잘못은 아니다. 형은 원래 머저리니까. 대신 나는 속으로 나 자신을 나무랐다. 그리고 앞으로는 마음에도 없는 소리는 하지 말아야겠다고 생각했다. 특히 형 앞에서는.

"곧장 학교로 갈 거지?"

교문 앞에서 헤어지기 전에 나는 재차 다짐을 받으려고 물었다.

"짜식. 넌 꼭 엄마처럼 군다니까. 걱정 말고 들어가."

형이 입을 불쑥 내밀고 말했다. 나는 두 손을 주머니에 넣고 뒤돌아섰다. 하지만 곧 형이 걸어가는 것을 보려고 다시 돌아보았다. 형은 곧장 앞으로 걸어가기 시작했다. 그러곤 얼마 안 가서 보도블록 위에 뒹굴고 있던 깡통 하나를 발견하곤 힘차게 발로 걷어찼다. 깡통은 저 멀리까지 가서 나뒹굴었다. 형은 또 거기까지 쫓아가 발로 걷어찼다. 아마도 학교에 가는 동안 내내 그럴 모양이었다. 나는 한숨을 내쉬고는 등을 돌렸다.

4교시가 끝나자마자 교실 밖으로 뛰쳐나갔다. 드디어 그렇게 기다리던 급식 시간이 온 것이다. 나는 제일 먼저 급식실에 도착했다. 다른 애들은 떠들고 장난치느라 먹는 것에는 별 관심이 없어 보였다. 나는 식판을 들고 맨 앞줄에 서서 기다렸다. 우리 반 급식 당번 녀석이 느려터진 동작으로 다른 반 아이들의 식판에 밥을 퍼 담고 있었다. 내 차례가 돌아왔을 때 나는 녀석과 눈을 마주치려고 애썼다. 하지만 녀석은 옆에 서 있는 반찬 당번과 잡담을 하느라 나와 눈을 마주치지 않았다. 나는 내 식판에 담긴 밥의 양을 보고 나서 실망했다. 그래서 다시 식판을 녀석 앞으로 내밀었다.

"더 줘."

"뭐라구?"

녀석이 놀란 듯 되물어왔다. 그러는 바람에 내 뒤에 서 있던 여자애가 고개를 옆으로 빼서 나와 그 아이를 번갈아 바라보았다.

"조금 더 달라구."

"넌 키도 쪼끄만 게 왜 이렇게 많이 먹냐?"

"잔말 말고 더 달라니까."

"네가 우리 반에서 제일 많이 먹는 거 알긴 아냐? 그래서 네 밥을 제일 많이 펐단 말이야."

정말이지 녀석은 말이 많았다. 할 수 없이 식판을 들고 옆으로 옮겼다. 그러자 이번에는 반찬 당번이 나를 약 올렸다. 일부러 반찬을 조금씩 담아주고는 아직까지도 나를 쳐다보고 서 있던 밥 당번을 향해 눈짓을 하는 것이었다. 그걸 보고 나는 아이들이 한심하다고 느꼈다. 사는 게 편한 애들은 별 사소한 일을 가지고도 재미있어 하는 법이니까. 나는 조금이라도 어른스러운 내가 참아야 한다고 생각했다. 그래서 식판을 들고 곧장 내 자리로 가서 앉았다.

별다른 반찬 없이도 두 그릇쯤 거뜬히 먹을 수 있을 만큼 밥은 아직도 따뜻했고, 맛있었다. 고작 두 끼를 굶었을 뿐인데, 나는 내가 무척이나 게걸스럽게 밥을 퍼먹고 있다는 걸 깨달았다. 그래서 주위를 둘러보았다. 모두 각자의 식판에 담긴 밥을 먹고 있을 뿐, 나처럼 다른 애들이 어떻게 밥을 먹는지 신경을 쓰는 아이는 단 한 명도 없는 것 같았다. 나는 식판을 깨끗이 비우고 나서 밖으로 나왔다. 우리 학교에 음식을 남기지 말아야 한다는 규칙이 있는 게 퍽 다행스럽게 여겨졌다. 그런 규칙이 나와 다른 아이들을 공평하게 만들어준 것 같았다.

복도 한쪽 끝에서 여러 명의 아이들이 어떤 한 아이를 에워싼 채 소란을 떨고 있었다. 담임 선생님이 그 옆을 무심히 지나쳐서 2층 교무실로 올라가는 게 보였다. 그쪽으로 가보려다 말고 운동장과는 반대편에 있는 후문으로 나와버렸다.

강당 앞은 해가 들지 않아 몹시 추웠다. 지난번 내린 눈이 아직 녹지 않은 채 나무 벤치에 쌓여 있었다. 나는 의자에 앉지도 못하고 건물 벽에 기대 서 있었다.

"여긴 내 아지튼데."

익숙한 목소리였다. 속으로 조금 놀랐지만 먼저 다가가지 않았다. 나만의 휴식 공간을 누군가에게 들킨 게 기분 나빠서였다.

"하지만 뭐, 가끔은 손님이 오는 것도 나쁘지 않아."

"누가 손님인데?"

"……"

건물 뒤쪽에 숨어 있던 소희가 모습을 나타냈다. 그 애는 여전히 웃고 있었다.

"대체 비결이 뭐냐?"

"무슨 비결?"

"어떻게 해야 그렇게 매일 웃을 수가 있냐고."

나는 계속해서 웃고 있는 소희가 괜스레 얄미웠다. 그 애가 별다른 이유 없이도 행복해 보이는 게 싫었기 때문이다.

"우는 것보단 낫잖아……"

소희가 그렇게 말하고는 내 옆에 와서 나와 똑같은 자세로 벽에 등을 기대고 섰다.

"넌 네가 벌레 같다고 생각해본 적 없니?"

"또 무슨 말을 하시려고?"

그 애는 한동안 별말이 없었다. 그러다 입을 열었다.

"난 말이야, 가끔은 내 배 속에 벌레가 있다고 생각해. 내 안에서 뭔가가 자꾸 꿈틀거리는데 그게 벌레가 있다는 증거 아니겠니? 그래서 난 견딜 수가 없어."

"……"

"하지만 견뎌야겠지. 그러려면 이렇게 웃을 수밖에 없잖아. 자, 이거 먹어."

소희는 주머니에서 뭔가를 꺼냈다. 땅콩이 듬뿍 묻어 있는 초콜릿 바였다. 그 애는 초코바의 포장을 정성스럽게 뜯어 내 앞에 내밀었다. 그걸 보자 입안 가득 침이 고였다. 세상에 어떤 아이가 초콜릿을 마다할 수 있겠는가. 그런 아이가 있다면 틀림없이 뭔가 문제가 있는 아이일 거라고 나는 확신한다. 나는 자존심 따위는 던져버리고 홀린 듯 초코바를 받아 들었다. 소희는 주머니에서 다른 한 개를 더 꺼내어 포장을 뜯었다. 우리는 차디찬 강당 벽에 등을 기대고 서서 각자의 초코바를 먹었다.

"나야 그렇다 치고, 넌 왜 항상 혼자 다니니?"

그제야 나는 소희와 함께 있으면 항상 곤란한 질문을 받게 된다는 걸 알게 되었다. 나는 그런 것에 대해 생각해본 적이 없으면서도 이렇게 대답했다.

"그야 난, 혼자가 편하거든. 다른 애들과는 수준이 안 맞아서."

소희가 키득거리며 웃었다.

"나처럼 생각하는 멍청이가 또 있을 줄이야."

그 애의 작은 눈이 반짝거렸다. 나는 소희의 눈이 생각보다 예쁜 것에 놀랐다. 커다란 안경에 가려져 있긴 하지만 그 애의 동그란 눈동자는 정말로 귀여웠다. 그 동그란 눈동자를 돋보이게 하려고 코와 입과 이마가 그렇게 못생긴 건 아닐까 하는 생각이 들 정도였다. 나는 그런 내 생각을 들킬까 봐 초콜릿에 묻어 있는 땅콩을 어금니로 세게 깨물었다. 그러자 고소하고 달콤한 향내가 입안에 가득 퍼졌다.

"있지, 나중에 우리 집에 놀러와."

그러면서 소희는 자신의 집 주소와 전화번호를 알려주었다. 나는 못 들은 척했지만 잊어버리지 않으려고 머릿속으로 다시 한 번 되뇌었다.

우리가 초코바를 다 먹어 치우는 동안 오후 수업 시간을 알리는 종소리가 울려 퍼졌다. 나는 소희에게 고맙다는 인사도 하지 않고 냅다 교실로 달리기 시작했다. 그러자 소희도 내 뒤를 따라 뛰기 시작했다.

집으로 가는 길목을 그냥 지나쳐서 육교를 건넜다. 날씨가 꽤 추웠는데도 거리를 오가는 사람들이 많았다. 나는 서둘러 중고 악기점들이 모여 있는 네거리로 갔다. 거기서 초록색 간판이 달려 있는 가게 앞을 얼쩡거렸다. 가게 안은 손님이 많지 않았다. 기타를 맨 젊은 청년 하나가 주인아저씨와 얘기를 나누고 있고 나이 든 여자가 피아노 앞에 서 있었다. 나는 가게 앞에 붙어 있는 포스터들을 읽기 시작했다. 이런저런 경연 대회 포스터와 오케스트라 단원을 모집한다는 공고가 붙어 있었다. 그 옆에 눈에 띄지 않게 붙어 있는 조그만 포스터를 읽고 나서는 주인아저씨 몰래 그것을 찢어 주머니 속에 집어넣었다. 그러고 나서 다시금 가게 안을 힐끔거렸다. 기타를 맨 청년이 피아노 앞에서 건반을 두드려보고 있고 나이 든 여자는 가게를 그냥 나오는 길이었다.

나는 가게 안으로 들어갔다. 주인아저씨는 청년과 다시 이야기를 주고받느라 정신이 팔려 있었다. 나는 거기서 실컷 플루트를 구경했다. 비교적 값이 싼 것도 있었지만 대부분은 상상할 수도 없을 만큼 비싼 것이었다. 나는 어떤 것이라도 좋으니까 그중에 하나만이라도 살 수 있으면 좋겠다고 생각했다. 하지만 그런 건 일찌감치 포기해야 한다. 엄마가 있는 아이들만이 갖고 싶은 걸 사달라고 떼를 쓸 수 있을 테니까.

청년이 잠깐 악기를 구경하는 사이, 가방에서 플루트를 꺼냈다. 그러곤 주인아저씨에게 고칠 수 있는지 물어보았다.

“아이고, 이건 아주 못쓰게 됐네…… 헤드가 망가졌으니, 원.”

“하지만 다른 부분은 아직 멀쩡하잖아요.”

“네 눈엔 이게 멀쩡해 보이냐? 이런 건 중고로 내놓지도 못해.”

“저도 팔 생각은 아니었어요.”

그 아저씨는 귀찮다는 듯 내게 플루트를 건네주었다. 그사이 다시 청년이 다가와서 주인아저씨께 이런저런 질문들을 쏟아냈다. 나는 멀찌감치 떨어진 채 가게에 진열되어 있는 새 플루트를 고통스럽게 바라보았다. 주인아저씨가 쳐다보는 게 느껴졌기 때문에 나는 피아노 건반도 살짝 두드려보았다. 내 관심은 온통 플루트뿐이었지만 괜한 오해를 살까 봐 그냥 이것저것 구경하는 척했다. 청년이 가고 난 뒤에는 가게 안에 나 혼자 남게 되었다. 나는 이런저런 악기들이 즐비해 있는 그곳이 좋았기 때문에 계속 거기에 있었다. 그러자 보다 못한 주인아저씨가 내게 다가오더니 사고 싶은 게 있느냐고 물었다. 나는 단지 둘러보는 중이라고만 했다. 아저씨는 끈질기게 내 뒤에 서 있었다. 할 수 없이 벽에 걸려 있는 플루트 중에 하나를 가리키며 이렇게 말했다.

"저건 팔지 마세요, 엄마한테 얘기해서 곧 사러올 거니까요."

"저건 찾는 사람이 많단다. 하루 이틀이라면 몰라도 그 이상은 나도 기다려줄 수가 없지."

"그럼 그냥 다른 걸로 사달라고 하죠, 뭐. 우리 엄만 돈이 많거든요."

"하지만 난 네가 엄마와 함께 오는 걸 한 번도 본 적이 없는걸. 내 말이 틀렸니?"

나는 암말도 할 수 없었다. 그 아저씨 말은 틀리지 않았으니까. 그래도 머릿속으로는 변명거리를 생각하고 있었다.

"혹시 내가 널 의심한다고 생각할지 모르겠다만, 뭐 그렇다 해도 할 수 없고…… 아무튼 내 가게에서 뭘 훔쳐갈 생각일랑 하지도 마라. 그럼 넌 그 길로 철창 신세를 지게 될 테니까."

등을 돌리고 나서 그 아저씨의 얼굴을 똑바로 쳐다봤다. 그리고 이렇게 말했다.

"만일에 그런 일이 벌어진다면 우리 엄마가 아저씰 가만두지 않을 거예요. 우리 엄만 창녀니까요."

그는 곧바로 내 뒷덜미를 잡아채더니 썩 꺼지라면서 밖으로 내팽개쳐버렸다. 나는 넘어져서 무릎이 다 깨졌다. 그래서 출입문을 향해 쫄딱 망해버리라고 소리치고는 그 길로 냅다 도망쳐버렸다.

수치심

형을 만나려고 집 근처 버스 정류장으로 갔다. 하지만 아무리 기다려도 형은 나타나지 않았다. 나는 내 옆에 있던 어떤 아줌마에게 몇 시나 됐느냐고 물었다. 그랬더니 그 아줌마는 약간은 경계하는 눈초리로 쳐다보면서 오후 3시가 좀 지났노라고 대답했다. 그러고는 다음 번 버스에 올라타고 어디론가 가버렸다. 그 뒤로 버스 정류장에는 아무도 오지 않았다. 나는 거기에 꼼짝 않고 앉아 있었다. 너무도 배가 고파서 배 속 창자가 쪼그라드는 것 같았다. 게다가 어찌나 추운지 콧물도 얼어붙을 지경이었다. 할 수 없이 나는 자리에서 일어나 걷기 시작했다.

오랫동안 길을 걸었는데도 기분이 좀처럼 나아지지 않았다. 게다가 정말로 배가 고팠다. 나는 어느 빵집 앞을 기웃거렸다. 하지만 아무리 그래 봤댔자 누가 나에게 먹을 걸 줄 것 같지는 않았다.

나는 시장 골목을 두 바퀴나 돌았다. 걷고 있는 동안 내 기분은 점점 더 엉망이 되어갔다. 나도 모르게 엄마 생각이 났기 때문이었다. 나는 이곳에서 처음 수치심이란 걸 배웠다.

엄마는 기분 전환을 하는 데는 시장 구경이 최고라며 밤늦은 시간에도 나를 데리고 시장에 오곤 했다. 그럴 때의 엄마는 화장을 해서 더 젊고 예쁘게 보였다. 나는 영문도 모르고 엄마 손에 이끌려 와서는 엄마가 아는 집에 맡겨졌다. 그러고는 거기서 한두 시간 쯤 놀고 있으면 또다시 엄마가 돌아와서 나를 데리고 집으로 돌아가곤 했다. 엄마의 남자 친구가 나를 보고 싶어 하지 않는다고 했다. 누구든지 자신이 사랑하는 여자가 다른 놈의 자식을 데리고 나타나는 걸 좋아하지는 않을 테니까. 나는 그때 겨우 일곱 살이었는데도 그런 생각을 했다. 몰라도 될 것들을 어린 나이에 너무 많이 알고 있었기 때문이었다.

문득 엄마가 시장 어딘가에 숨어서 나를 지켜보고 있을지도 모른다는 생각이 들었다. 한 번이라도 날 보고 싶은 마음에 우리가 자주 왔던 장소를 찾아오지 않을까? 그래서 나는 이만큼 자란 나를 엄마에게 보여주려고 일부러 천천히 걸었다. 시장 사람들에게 웃는 얼굴로 인사도 했다. 하지만 곧 그렇게 하는 것이 구역질나는 일임을 알게 되었다. 그런 상상은 살아가는 데 아무런 도움도 되지 못할 테니까.

걷다 보니 예전에 엄마와 함께 자주 들렀던 신발 가게 앞에 내가 서 있었다. 나는 가게 앞에 진열된 신발을 구경하는 척하며 안을 살렸다. 아줌마는 가게 안에서 혼자 뜨개질을 하고 계셨다. 나는 아줌마가 하나도 늙지 않았다는 사실에 놀랐다. 그녀는 여전히 예뻤고 여전히 손이 빨랐다. 예전에는 나도 그녀에게 목도리와 털장갑 같은 것을 얻어 쓰곤 했다. 아줌마에게는 아이가 없었기 때문에 나를 특히 예뻐하셨다. 아줌마는 항상 나 같은 아들이 있으면 얼마나 좋을까, 하고 엄마에게 신세 한탄을 했었다. 이제와 하는 말이지만, 나는 한때 우리 엄마 다음으로 아줌마를 사랑했다. 항상 내게 용돈을 준 다음 볼에 뽀뽀를 해주었기 때문이다. 하지만 지금은 다 지난 일이 되어버렸다. 이제 나는 누군가를 마음속 깊이 좋아하는 것은 가시 돋힌 장미를 껴안는 것만큼이나 어리석은 일이라는 것을 안다. 나는 변했고, 감정도 줄어들었다. 누구든지 자신이 감당하기 어려운 사건을 겪고 나면 조금은 변한다.

나는 조금은 심드렁한 기분으로 신발을 구경하기 시작했다. 안에 털이 달린 장화도 있고 걸을 때마다 불빛이 번쩍거리는 운동화도 있었다. 그중에서 가장 내 눈에 띈 것은 검정색 에나멜 구두였다. 일부러 돋보이게 한 듯, 일정한 간격으로 구두 가장자리에 박힌 바늘땀을 제외하고는 별다른 장식도 없는 단순한 디자인이었다. 표면은 내 얼굴이 비칠 만큼 광택이 나고 있었다. 만일 내가 유명해지면 저런 구두를 신고 다니겠지. 나는 주머니 속에 든 경연 대회 포스터를 만지작거리며 생각했다. 하얀색 턱시도에 반짝이는 구두를 신은 내 모습을 떠올리자 역겹던 기분이 조금은 나아졌다. 게다가 가게 안에서 뜨개질하고 있는 그녀를 보고 있자니, 나도 한때는 사랑받는 아이였다는 사실이 떠올랐고 내 마음속에도 약간의 행복이 차올랐다.

내가 가게 앞을 얼쩡거리고 있을 때, 한 할머니가 너덧 살쯤 되어 보이는 사내아이의 손을 잡고 가게 앞에서 걸음을 멈췄다. 그리고는 스스럼없이 가게 문을 열고 들어갔다. 그 사내 녀석은 엄마, 하고 외치며 아줌마를 향해 달려갔다. 그녀는 뜨개질을 멈추고 맨발로 달려와 아이를 번쩍 안아 들었다. 나는 정신이 번쩍 들었다. 그녀에게 아이가 생겼고, 나라는 존재는 그녀의 기억 저편에 까마득히 묻혀버렸음을 깨달은 것이다. 나는 또다시 역겨워졌기 때문에 그 검정색 구두를 훔쳐서 달아나버렸다.

사실 그 구두를 훔칠 생각 따위는 전혀 없었다. 그걸 훔쳐서 무엇에 쓰겠는가. 그저 어떤 무언가가 내게 구두를 훔치도록 시킨 것만 같았다. 조금은 후회스러웠다. 물건을 훔친다는 건 언제나 나쁘기 때문이었다.

구두가 든 가방을 멘 채 거리를 지나다니는 사람들을 좀더 구경했다. 사람들은 모두 어디론가 가고 있었고 각자 생각에 빠져 있는 것도 같았다. 이 사람들에게는 각자 사랑하는 사람들이 있고, 사랑해줄 사람들이 있을 테지. 나는 생기가 가득한 사람들의 얼굴을 보면서 생각했다. 또 나는 할아버지가 아직도 집에 있다는 사실을 떠올렸다. 그리고 이 세상에는 형과 나를 가족처럼 돌봐줄 사람이 아무도 없다는 사실도. 그런 생각을 하자 몹시도 두려웠다. 이러한 모든 일들을 감당해내기에 나는 아직 어린 것 같았다. 나는 내가 쉰 살이나 예순 살이었으면 좋겠다고 생각했다. 그러면 이 모든 일들이 다 지나간 일이 되어 있을 텐데.

도서관에 도착했을 때는 오후 6시였다. 너무 오랫동안 쏘다녔기 때문에 기운이 하나도 없었다. 다리에 힘이 빠진 나는 열람실의 빈 의자를 찾아가서 앉았다. 그리고 사람들이 나를 이상하게 보지는 않는지 살펴보았다. 다행히 쳐다보는 사람은 한 사람도 없었다. 모두들 고개를 숙인 채 책을 읽거나 무슨 시험공부 같은 걸 하느라 나 같은 건 안중에도 없는 것 같았다. 그 사람들은 우리 집에 시체가 있다는 사실은 까맣게 모르겠지. 하지만 언젠가는 알게 될지도 모른다. 그런 생각을 하자 진땀이 다 났다. 나는 그대로 앉아서 눈을 질끈 감아버렸다. 할아버지는 사람이 어떤 일을 겪을 당시에는 자신이 무슨 일을 겪는지도 모른다고 했다. 시간이 흐른 뒤에야 비로소 그때 일어난 일을 이해하게 된다는 것이었다.

나는 사서 아줌마가 자리에 있는지 찾아보았다. 그녀라면 내게 도움이 될 만한 이야기들을 알고 있을지 모르니까. 다행히 그녀는 책의 모퉁이에 찍혀 있는 바코드를 컴퓨터에 입력한 뒤 다른 사람에게 책을 대출해주고 있었다. 그녀의 커다란 궁둥이가 움직일 때마다 의자에서 삐걱거리는 소리가 났다. 그녀는 앉아 있는 것조차 힘들어 보였지만 얼굴에선 미소가 떠나지 않았다. 나는 그녀에게 못되게 굴었던 것을 후회했다. 그래서 다시 돈을 돌려주려고 옷을 뒤져보았다. 솔직히 처음부터 그 돈을 버릴 생각 같은 건 없었다.

한시라도 빨리 그녀에게 내 잘못을 고백하고 위로를 받고 싶었고, 그래서 옷에 달려 있는 주머니란 주머니는 모조리 뒤졌다. 멍청하게도 돈이 그대로 있을 거라고 믿었던 것이다. 적어도 그때까지는 형의 존재를 완전히 잊고 있었으니까.

힘없이 열람실을 빠져 나왔을 때 누군가 내 이름을 부르는 소리가 들려왔다. 뒤를 돌아보니 사서 아줌마가 급하게 내 이름을 부르고 있었다. 그녀는 미소 지으며 내게 손짓했다. 그걸 보자 속이 찢어지는 것 같았다. 그녀의 미소가 다른 사람의 마음을 꿰뚫어볼 만큼 투명했기 때문이다. 그녀는 마치 뭔가를 다 알고 있는 듯한 얼굴로 내 이름을 계속해서 불러댔다.

"오늘쯤은 올 줄 알았지."

그녀가 태연하게 웃으며 내 손을 잡았다. 그러고는 열람실 옆의 소강당 쪽으로 나를 이끌었다.

"이것 좀 봐."

그녀가 자랑스레 게시판을 가리켰다. 게시판에는 매달 도서관에서 열리는 작은 행사를 알리는 안내문이 붙어 있었다. 하지만 그게 어쨌다는 건지, 또 나랑 무슨 상관이 있다는 건지 여전히 모르는 채로 나는 멀뚱히 게시판을 올려다보았다.

"이분이 다음 주에 우리 도서관에 오신단다."

"젠장, 그게 나랑 무슨 상관인데요?"

짜증이 울컥 치밀었다. 도서관에 누가 오든 나하고는 상관없는 일이었다. 내 마음은 복잡하기만 한데 그녀는 너무도 태평해보였다.

"네가 좋아할 줄 알았는데."

그녀를 실망시키고 싶지 않았기 때문에 할 수 없이 안내문을 쳐다보았다. 거기엔 '임상훈의 작은 음악회'라고 분명히 적혀 있었다. 나는 임상훈이라는 이름을 다시 한 번 읽고 난 뒤에야 겨우 정신을 차릴 수 있었다. 나는 깜짝 놀라서 외쳤다.

"이분이 오신단 말이에요?"

"그렇단다. 한동안 외국에 계시다가 재작년엔가 귀국하셨대. 그리고 감사하게도 다시 한 번 이곳에서 연주를 해주신다는구나. 지난해부터 간곡히 청을 드렸었는데 그동안은 너무 바쁘셔서 시간을 내실 수가 없었거든. 이번엔 건강 때문에 쉬고 계시는 틈을 타서 이곳에 오시기로 결정한 것 같아."

그녀가 계속해서 웃고 있었던 이유를 알 것 같았다.

"이곳을 잊지 않았나 봐요."

"네 말이 맞아. 그렇지 않다면 이 작은 도서관에 뭣 하러 오시겠니?"

"하지만 전 이제……"

나는 내 플루트가 망가져버렸다는 말은 차마 할 수 없었다. 대신 이렇게 말했다.

"할아버지께서 무척 좋아하실 거예요."

가슴이 두근거렸다. 그건 아직도 내게 감정이 남아 있다는 증거였다. 그 사람은 할아버지를 기억이나 할까? 어쩌면 모두 거짓인지도 모른다. 할아버진 가끔 자신이 무슨 말을 하는지도 모를 때가 있었으니까.

"난 네가 계속 연주를 했으면 좋겠구나."

그녀가 내 어깨 위에 조용히 한 손을 얹으며 말했다. 나는 놀라서 그녀를 올려다봤다. 그녀는 웃고 있었다. 그 웃음은 자기 자신이 아닌 다른 사람을 위한 웃음이었다. 문득 지금이야말로 그녀에게 사과할 절호의 기회라 여겼다. 그래서 돈 얘기를 꺼냈다.

"정말로 하수구에 버릴 생각은 아니었어요. 하지만 결국 그렇게 되어버린 셈이에요."

"상관없단다. 어차피 너에게 준 돈이니까 네 마음대로 해도 되는 거였어. 그것 때문에 내가 너를 미워하는 일은 없을 거야. 넌 정말…… 귀여운 녀석이거든."

그녀가 내 눈을 똑바로 쳐다보며 말했다. 그런 말을 어찌도 그리 태연하게 하는지 내가 다 부끄러웠다. 나는 내 얼굴이 붉어지지 않았을까 걱정하며 이렇게 대답했다.

"아줌마도 정말 예뻐요."

우리 두 사람은 처음 만난 남녀처럼 수줍게 선 채 게시판을 뚫어져라 쳐다보았다. 바로 이런 짧은 순간들 때문에 사람들은 고통을 받으면서도 계속해서 살아가는 게 아닐까?

"다이어트를 시작할란다."

그녀는 무슨 중요한 깨달음을 얻은 사람처럼 두 눈을 크게 뜨고 말했다.

"네 말을 듣고 방금 깨달았지 뭐냐. 나도 예뻐질 수가 있다는 걸 말이야."

그녀는 지금까지 주변에 예쁘다고 말해주는 사람이 없었기 때문에 자신이 살이 쪘다는 듯 말했다. 그래서 나는 그런 말이라면 백 번도 더 해줄 수 있다고 장담했다. 그녀가 웃는 게 좋았기 때문에 나는 내가 보는 눈이 있으며 미(美)에 대해서 까다롭다고도 했다.

"우리 엄마한테 그런 소릴 들은 이후로는 네가 처음이야. 우리 엄마처럼 너도 독특한 안목을 가진 게 틀림없어."

그녀가 계속 행복한 웃음을 짓고 있어서 내 기분도 저절로 좋아졌다. 그걸 보고 나는 살찐 여자들이 왜 그렇게 시무룩한지 그 이유를 알 것 같았다. 누구도 예쁘다는 말을 해주지 않기 때문이었다.

자리를 오래 비울 수가 없어서 그녀는 돌아갔다. 나도 집으로 가려고 발길을 돌렸다. 나는 오늘만큼은 집으로 가기가 싫었지만 달리 갈 곳도 없었다. 집으로 가기 싫은 게 어디 하루 이틀이람. 그나마 갈 곳이 있다는 게 천만다행이다.

예언자

밤늦게까지 형을 기다렸다. 하지만 결국 형을 보지 못하고 잠이 들어버렸다. 다음 날 아침 눈을 떴을 때 내 옆에서 곤히 잠들어 있는 형을 보고 울화가 치밀었다. 나는 형의 어깨를 잡아 흔들었다. 형은 간신히 한쪽 눈을 뜨고 쳐다봤다. 내가 또 다시 어깨를 흔들자 할 수 없다는 듯 자리를 털고 일어났다. 나는 어제 하루 종일 형을 기다렸노라고 볼멘소리를 했다. 형은 기지개를 켜면서 갑작스레 친구에게 일자리를 소개받느라 정신이 하나도 없었다고 말했다. 그 말을 듣고 보니 형이 안쓰러운 생각이 들었다. 어떤 아이들은 살기 위해서 좀더 빨리 어른이 되어야만 하니까.

"그건 그렇고 너, 오늘 학교에 가지 마."

놀라서 형을 쳐다봤다. 형은 이불을 걷고 겨우 일어나선 기지개를 켰다.

"오늘은 무슨 일이 있어도 그 집에 가보자고."

그러면서 형은 가방 속에서 비닐봉지 하나를 꺼냈다. 나는 호기심 가득한 눈초리로 형의 손만 쳐다봤다.

"이거 먹어라. 내 친구가 사준 거야."

형이 자랑스레 햄버거를 내밀며 말했다. 그 옆에는 조금은 눅눅해진 감자튀김도 있었다. 나는 너무도 배가 고팠던지라 냉큼 받아서 한입에 베어 먹었다. 우리는 얼굴을 마주한 채 정신없이 햄버거를 씹어 삼켰다. 케첩을 바른 감자튀김도 순식간에 동이 났다. 그러고 나서 우리는 사이좋게 콜라를 나눠 마시곤 한참이나 빈둥거렸다.

우리는 점심 때가 다 되어 외출 준비를 했다. 형은 밖이 추우니까 옷을 단단히 입으라고 했지만 입을 옷이 마땅치 않았다. 하나같이 구멍이 났거나 할아버지가 헝겊을 대고 기운 것들뿐이었다. 할 수 없이 작아서 못 입게 된 형의 낡은 점퍼를 입었다. 나는 소맷부리를 몇 번 걷어 올리고 나서 거울 앞에 섰다. 하지만 거울이라는 것은, 정말이지 볼 필요도 없는 물건이다.

차비를 아끼려고 마을버스 정류장을 그냥 지나쳤다. 바람이 어찌나 세게 불던지 내 가슴속에도 찬바람이 쌩쌩 부는 것만 같았다. 길을 걷는 동안에도 형은 주소가 적힌 종이를 몇 번이고 다시 펼쳐보았다. 그랬더니 나중에는 접힌 부분이 너덜거렸다. 나는 머릿속으로 주소를 외워보려고 했으나 머릿속도 꽁꽁 얼어붙었는지 도무지 외워지질 않았다. 우리는 집에서 네 블록이나 떨어져 있는 버스 정류장으로 갔다. 형은 거기서 900번 버스를 타고 한참을 가야 한다고 말했다.

"있잖아, 형. 만일에 아빠가 같이 살자고 하면 어떡할 거야?"

버스 안에서 나는 내내 궁금했던 말을 물어봤다. 형은 별 생각 없이 앞만 보고 있다가 나를 쳐다봤다.

"쳇, 그럼 난 멀리 도망가버릴 테야. 난 자유롭게 사는 게 좋으니까."

나는 형이 벌써 자유라는 것을 생각하고 있는지 몰랐다.

"게다가 아빤 지금 우리한테 신경 쓸 겨를도 없다 이거야. 그 집 아줌마가 아프단 소리 넌 못 들었니?"

"그건 알아. 할아버지가 그러셨어. 그래서 우리가 아빠를 이해해야 된대……"

"벌 받은 거야. 힘없는 할아버지한테 우릴 맡기고는 재혼해버렸으니까."

"무슨 사정이 있었겠지. 아마도 아빤 우리만큼이나 복이 없으신가 봐."

"흥, 난 아니야. 내 친구 녀석 하나가 난 운이 좋을 거랬어. 그 자식 뭘 좀 알거든. 그니깐 그런 말 말라고."

"있잖아, 형."

"왜, 틀린 말 같아?"

"아니, 그런 말이 아니고……"

나는 한숨을 내쉬었다. 형에게 배가 고프다는 말은 차마 못할 것 같았다. 나는 생각에 잠긴 척 창밖으로 고개를 돌렸다. 형은 내 옆구리를 툭 치며 아까 하려던 말이 무엇이었냐고 물었다. 할 수 없이 나는 머리를 긁적이며 말했다.

"아침에 먹은 햄버거 말이야. 굉장히 맛있었지?"

"아, 그거…… 그래, 맛있었지."

"고기가 좀더 두툼했더라면 좋았을 텐데!"

"내가 돈을 벌면 그런 햄버거쯤은 매일 먹을 수 있을 거다."

"그치만 너무 자주 먹으면 질릴 거야. 오늘처럼 가끔씩만 먹자."

"그래, 맛있는 건 얼마든지 있으니까."

형이 웃었다. 하지만 눈에는 왠지 모를 슬픔이 담겨져 있었다. 그 눈이 평생 나를 따라다닐 것만 같아 고개를 돌렸다.

대신 나는 머릿속으로 할아버지의 얼굴을 떠올려보려고 애썼다. 큰 소리로 웃을 때 주름 사이로 패던 보조개며, 시커먼 충치, 콧구멍 사이로 비어져 나온 털과 여러 가지 냄새가 섞여서 나는 이상한 악취가 떠올랐지만 잠들 때 짓는 표정이나 맛있는 음식을 먹을 때 짓던 표정들은 하나도 생각나지 않았다. 그렇게나 오래 함께 살았는데도 말이다. 좀더 많은 것들을 기억해내려고 했지만 떠오르는 건 목소리뿐이었다. 할아버지의 목소리…… 가래 섞인 탁한 목소리가 내 귓가에 맴도는 것 같았다. 눈꺼풀이 점점 무겁게 내려앉았다.

"애야, 은호야…… 너는 지금 몇 살이지?"

"할아버지, 전 이제 열세 살이 되었어요. 아시잖아요."

"뭐라고? 네가 벌써 열 살이 되었다고?"

"아뇨, 열세 살이요……"

"오냐, 그래. 네가 벌써 열 살이 되었구나…… 세월도 참, 너를 처음 본 게 바로 엊그제 같은데."

"네, 할아버지. 그런데 할아버진 왜 새를 그리시는 거예요? 그것도 이렇게나 많이."

"이건 십자매란다, 얘야. 다른 새들이 버리고 간 알을 품어서 보살펴주는 착한 새지."

"그건 알아요, 할아버지."

"얘야, 이 할애비는 광부였단다. 플루트를 부는 위대한 광부였지. 광부한테는 새가 아주 중요하단다. 갱도 안에 가스가 차 있는 걸 미리 알려주는 예언자니까. 내가 말했니? 이 새는 모든 새들의 어미라는 걸 말이야…… 얘야, 그런데 넌 올해로 몇 살이지?"

"열세 살이요, 할아버지."

"오냐, 그래. 그렇지만 열세 살은 혼자서도 살아갈 나이가 아니지……"

그러고 나서 할아버지는 무언가 깊은 생각에 빠진 것 같았다. 나는 할아버지의 바싹 마른 손등과 그 위에 핀 검버섯을 바라보고 있었다.

"기억해다오, 은호야. 1963년 12월 21일을 말이야."

"뭐라구요, 할아버지?"

"그러니까 그날은 독일행 비행기를 탔던 날이야. 실업자가 넘쳐나던 시절이었지. 난 교사가 되려고 했어. 하지만 등록금이 없어 공부를 계속할 수 없었단다…… 누군가 독일로 가면 돈을 벌 수 있다고 하더구나. 그곳 광산에서 석탄을 캐는 일이었지. 그때 나는 삶이 내 것이라고 믿었다. 못할 게 없었어. 그래서 갈 수 있었다. 두렵지 않았으니까.

그다음 핸가 또 그다음 핸가에 대통령께서 독일에 오셨다. 그리고 뭐라고 연설을 하셨어. 우린 모두 시커먼 눈물을 흘렸지……

기억해야 한다, 얘야. 내 말을 기억해야 해.

어떤 사람들은 그곳을 두고 막장이라고 하지만 그런 말은 뭣도 모르는 작자들이나 지껄이는 소리야. 그곳은 출발선이었으니까. 아무리 고통스러운 기억을 가진 사람이라도 그곳에 들어서는 순간 더 이상의 절망은 없다는 걸 알았단다.

나는 그때 젊었지. 용기가 뭔지도 알았다. 나보다 덩치가 두 배나 큰 독일 녀석을 때려눕힌 적도 있어. 그 작자는 날이 시퍼런 칼을 들고 있었는데 난 전혀 무섭지가 않았지. 그런 칼이라면 내 가슴속에도 얼마든지 있었으니까. 바로 여기에…… 얘야, 그런데 넌 학교에 안 가고 왜 여기 있는 거냐?"

"오늘은 일요일이에요, 할아버지."

"뭐라고? 오늘이 일요일이란 말이냐? 그런데 넌 학교에 언제 가니?"

"할아버지, 계속 얘기해주세요, 네?"

"은호야…… 너는 나중에 가난한 사람들을 위해 연주를 하게 될 거다. 내 눈은 틀림없으니까. 나는 이제 늙었다. 삶이 점점 멀어지는 걸 느껴. 그러니 너는 꼭 기억해야 한다. 너는 착한 사람들을 위해 연주를 하게 될 거다. 거긴…… 그러니까 그 지하 갱 속은 말이다, 거긴 항상 죽음이 있었어. 고생이 말도 못했단다…… 그런데 얘야, 왜 우는 거냐? 난 슬픈 이야기를 한 게 아닌데."

"아니에요, 할아버지. 난 울지 않아요. 난 강해질 거니까."

"울지 마라, 아가야. 사람이 평생 동안 울어야 할 일이 얼마나 많은 줄 아니? 지금부터 울기 시작하면 나중에는 흘릴 눈물이 없게 된단다. 다른 사람들을 위해서도 눈물을 아낄 줄 알아야 해."

아직도 할아버지가 살아 계신 것만 같다. 할아버지의 낮은 목소리, 탁한 눈동자, 회백색 머리카락들이 그리웠다. 술에 취해 부르곤 하던 노래들도.

어째서 나는 이제야 할아버지를 그리워하기 시작한 걸까? 나는 감정이 다 없어진 줄로만 알았다. 하지만 조금 전 내 귓가에는 할아버지의 목소리가 선명하게 들려왔다. 단지 목소리만 떠올랐을 뿐인데, 할아버지의 모든 것이 너무도 그리워지기 시작했다. 어쩌면 할아버지를 잃은 상실감이 이토록 크리라는 걸 예감하고 일부러 감정을 무디게 만들었던 건 아니었을까? 하지만 이런 생각을 하는 게 아무런 의미가 없다는 걸 안다. 나는 강해져야 하고 할아버지 없이도 살아가는 법을 배워가야 할 테니까.

형이 내 옆구리를 툭 쳤다. 그제야 현실 속으로 되돌아왔다. 내 눈과 귀는 할아버지가 아닌 형을 보고 듣고 있었으니까.

"거의 다 왔어, 여기서 내리면 될 거야."

정류장에서 내려 한참을 걸었다. 가끔씩 형이 가게엘 들어가서

'강나영 미용실'이 어디냐고 묻기도 했다. 그렇게 해서 우리는 겨우 어느 골목길 앞에 이르렀다. 하지만 그 골목길을 걷다 보니 곧이어 수많은 다른 골목길들이 나타나서 우리를 당황케 했다. 우리는 길을 잃지 않으려고 손을 꼭 잡았다. 어딘가에서 음식 냄새가 풍겨져 나왔다. 나는 침을 꿀꺽 삼키고 나서 말없이 걸었다. 골목길은 끝도 없이 이어진 것 같았다. 걷고 또 걷다가 모퉁이를 돌면 또 다른 길이 이어졌다. 그러다 어딘가에서 막다른 골목길을 만났다. 비스듬히 경사진 그 골목길 위에 조그만 집들이 다닥다닥 붙어 있는 게 보였다. 그런 곳에 미용실이 있을 것 같지는 않았다. 그래도 우리는 끝까지 올라가보았다. 거기 올라가 보니 그 조그만 동네가 한눈에 내려다보였다.

"저기 같은데."

형이 비탈 아래쪽을 가리켰다. 나는 목을 길게 빼고 형이 가리킨 쪽을 쳐다봤다. 다시 그 비탈을 내려갈 일이 아득하기만 했다. 그래도 우리는 간신히 미로 같은 골목에서 빠져 나왔다. 미용실은 눈에 잘 띄는 곳에, 골목이 시작되는 입구에 하늘색 간판을 내걸고 서 있었다. 우리는 어이가 없어서 서로를 쳐다보고 조금 웃었다. 하지만 불행히도 미용실 문은 굳게 잠겨 있었다.

"저기요……"

형이 혹시나 하고 유리문에 입을 대고 소리쳤다. 그러다 안에서 아무런 반응이 없자 목을 가다듬고 다시 소리를 질러댔다.

"아무도 안 계세요?"

역시나 아무도 내다보지 않았다. 우리는 할 수 없이 그 가게 앞에 쪼그려 앉았다. 춥고 배가 고팠는데도 거기서 그러고 있었다. 시간이 얼마나 흘렀는지도 모른 채 하염없이 거기서 아빠를 기다리고 있었다. 나는 집으로 다시 돌아갈 일이 끔찍하게 여겨졌다.

괴짜 선생님

그날 이후로 형은 집에 들어오지 않았다. 무언가를 해야 한다고 생각했다. 하지만 무엇을 해야 할지는 알 수 없었다. 그래서 방으로 들어가 싱크대 앞에서 수돗물을 한 바가지나 마셨다. 그런 다음 밖으로 나와서 무작정 계단을 내려갔다.

제일 먼저 집 근처 PC방에 들렀다. 담배 연기로 꽉 찬 실내는 어둡고 침침했다. 그런 분위기가 왠지 마음에 들었다. 그런 곳에서라면 누구도 나를 눈여겨보지 않을 것 같았다. 나와 같은 또래로 보이는 아이들도 많이 있었다. 그 애들은 큼지막한 화면에 집중한 채 열심히 자판을 두드려댔다. 나는 아이들의 표정을 살펴보았다. 그 표정은 행복감에 차 있지는 않았다. 그저 어딘가에 집중했을 때 나타나는 진지함뿐이었다.

나는 게임 따위는 좋아하지 않는다. 그보다는 좀더 삶에 가까운 무언가를 찾아다니는 게 나에게는 훨씬 좋다. 이를테면 쓸모없게 되어버린 할아버지의 틀니라든지, 시끄럽게 울어대는 새소리라든지, 뒤축이 구겨진 낡은 운동화 같은 것들을. 세상의 온갖 아름다운 것들은 어째서 늘 삶의 쓰레기 더미 속에 처박혀 있어야 하는지 모르겠다.

어쨌거나 형을 찾는 데 실패한 나는 다시 거리로 나섰다. 몹시 춥고 배가 고팠는데도 할 일이 있다고 생각하니 그렇게까지 불행하다는 생각은 들지 않았다. 사람이 바쁠 때는 고통에 둔감해지는 법이니까.

그런 생각을 한 것도 잠시, 빵집 앞을 지날 때는 들어가서 마음껏 빵을 먹어치우고 싶은 욕심 때문에 발걸음을 옮기기도 힘이 들었다. 사람이 어떤 죄를 지을 때에는 다 그만한 이유가 있는 것이다. 어떤 사람은 살기 위해 죄를 짓기도 한다.

나는 지하철 역사로 내려갔다. 거기서 한두 시간쯤은 거뜬히 보낼 수 있을 것 같았다. 계단을 내려가는 동안 종이 상자를 덮고 누워 있는 노숙인을 세 명이나 보았다. 아마 그들도 예전에는 자신이 이렇게 살게 될지 상상도 못했을 것이다. 살면서 아주 잠깐 발을 헛디디기만 해도 끝없는 나락으로 떨어질 수 있는 게 바로 인생인데도 사람들은 자주 그 사실을 잊고 산다. 나는 우리가 생각하는 것만큼 삶이 우리를 보호해주지 않는다는 것 정도는 알고 있다. 정신을 똑바로 차리지 않으면 삶은 언제든지 우리를 거리로 내몰 준비가 되어 있는 것이다. 나는 아직 열세 살 밖에 되지 않았는데도 삶이 그렇게나 냉정하다는 것을 안다. 내가 어떻게 모를 수가 있겠는가! 그러니 착하게 살아야 한다. 하지만 나는 이미 구두를 훔친 도둑놈이다. 며칠 뒤에는 그것 때문에 감옥에 가게 될지도 모른다. 나는 내가 왜 그랬는지 분명히 알고 있다. 아줌마가 자신의 아이를 껴안는 걸 보고 질투가 났던 것이다. 자신을 사랑하면서 동시에 다른 사람을 미워하지 않기는 어려운 일이니까.

이런 복잡한 생각을 하느라 시간이 가는 줄도 몰랐다. 지하철 역사 안에 걸린 시계를 보고 저녁때가 다 되었음을 깨달았다. 집으로 돌아가기 전에 그곳 화장실에서 볼일을 봤다. 먹은 것도 별로 없는데 똥을 두 덩어리나 쌌다.

집으로 돌아가는 길에 그 노숙인들 중 한 사람에게 말을 걸었다. 그나마 덜 추운 곳이라고 생각되는 계단 안쪽에 자리를 잡고 있는 사내였다. 그는 거적때기 같은 걸로 몸을 감싼 채 지나가는 사람들에게 구걸하고 있었다. 나는 그 사내 앞에 쭈그리고 앉아 그렇게 해서 하루 동안 얼마나 버느냐고 물었다. 그는 어린놈이 건방지게 그런 걸 물어본다며 화를 냈다. 나는 별 뜻이 있는 건 아니라고 해명했지만 그는 좀처럼 화가 풀리지 않는 것 같았다. 그래서 나는 그가 나에게 경쟁 의식을 느끼는 건 아닐까 하고 생각했다. 그만큼이나 내 꼴도 볼 만했던 것이다. 사내는 당장 꺼지라며 손을 내저었다. 할 수 없이 사내의 맞은편 계단으로 가서 앉았다. 누워서 잠만 자는 다른 노숙인들과 달리 한 푼이라도 더 벌려고 애쓰는 사내의 의지에 감명받았기 때문이었다. 사내는 나를 의식하면서 지나가는 사람들에게 열심히 인사를 했다. 단 한 사람도 빠짐없이 그곳을 지나는 사람들은 사내에게 인사를 받았다. 그런데도 사람들은 기뻐하는 기색 하나 없이 오히려 그런 뜻하지 않은 곳에서 인사를 받는 게 영 불쾌한 표정이었다.

나는 그 사내와 친구가 될 수도 있을 것 같았다. 불행한 사람끼리는 금세 친해질 수 있을 테니까. 그와 함께라면 밤새도록 인생에 대한 이야기를 해도 끝이 없을 것 같았다. 하지만 사내는 사람들의 발길이 뜸해진 틈을 타서 다시 한 번 나에게 당장 꺼지라고 소리쳤다. 그는 내가 자신의 바구니를 빼앗기라도 할까 봐 무척 두려워하는 눈치였다. 내가 단지 집에 가기가 싫어 시간을 때우는 거라고 몇 번이나 설명했는데도 그는 도통 내 말을 믿으려 하지 않았다. 계속해서 내게 꺼지라고 말하는 것이었다. 나는 그가 어째서 나 같은 어린애를 두려워하는지 알 수 없었다. 사람이 가진 걸 모두 잃고 나면 어쩔 수 없이 소심해지는 걸까? 어쨌거나 나는 꺼지고 싶은 생각이 없었기 때문에 그냥 앉아 있었다. 그랬더니 그는 약이 바짝 올라서 여차하면 내게 달려들 기세로 몸을 일으켰다. 바로 그 순간 어떤 신사 한 분이 사내의 바구니 안에 지폐를 한 장 놓고 갔다. 놀랍게도 그건 푸른색을 띤 지폐였다.

우리는 둘 다 너무 놀라서 한동안 멍하니 그 신사의 뒷모습을 쳐다봤다. 특히 나는 아직도 그런 크나큰 동정을 베푸는 사람이 있다는 사실에 놀랐다. 사내는 뒤늦게 정신을 차리고는 저만치 걸어가는 신사를 향해 복 많이 받으시라고 큰 소리로 외쳤다. 그러고는 재빨리 몇 개 안 되는 동전들 위에 사뿐히 놓여 있는 지폐를 거둬들였다. 정말이지 가슴이 뜨거워지는 장면이 아닐 수 없었다. 사내는 돈을 챙기고 나서 갑자기 마음의 여유를 찾은 것 같았다. 그가 한껏 누그러진 표정으로 내게 이렇게 말했던 것이다.

"좋은 말로 할 때 꺼져라, 이 꼬맹아."

그때 나는 가난한 사람에게 갑자기 큰돈이 생기면 표정이 어떻게 변하는지를 생생히 보았다.

그 사지 멀쩡한 노숙인은 나중에 사업을 해도 될 만큼 수완이 좋은 남자였다. 그런 비참한 환경 속에서도 자신이 할 일을 분명히 알고 있었기 때문이다. 그런데도 그가 그런 비참한 생활에서 벗어나지 못하는 건 거기서 벗어나고 싶다는 간절한 열망이 부족한 탓이리라. 할아버지는 항상 인간은 마음먹기에 따라 자신의 삶을 바꿀 수도 있다고 했다. 하지만 그 무엇도 바꾸고 싶지 않을 만큼 쉽게 지치기도 하는 게 바로 인간이라고.

집으로 가는 내내 사내의 바구니를 떠올렸다. 그 낡고 더러운 바구니가 사내의 전부라고 생각하니 어쩐지 인생이 너무 야박하다는 생각이 들었다. 한때 그 사내도 바구니보다는 훨씬 더 큰 포부를 가지고 있었을 테고 바구니 말고도 지키고 싶은 게 많았을 것이다. 하지만 지금은 고작 바구니뿐이다. 바구니만큼만 벌면 되고 바구니만 지키면 되는 것이다. 그런데도 사내는 죽지 않고 살아간다. 이 사실이 무얼 뜻하는 걸까?

인생이란 알면 알수록 더욱 알 수 없게 되는 것 같다. 나는 인생이야말로 어떤 정신 나간 천재가 인간을 비웃기 위해 만들어놓은 문제가 아닐까 하고 생각했다. 그래서 사람들이 그 이상한 문제의 정답을 알아맞히려고 쓸데없이 끙끙대는 것이다. 애초에 답이 없는 질문이 있을 리 없다고 믿으면서. 하지만 내가 이 모든 생각 끝에 내린 결론은 생각을 너무 많이 해서는 안 된다는 것이다. 인생은 그런 쓸데없는 질문일 리도 없고, 또 그런 생각을 하느라 시간을 낭비하는 동안 삶이 우리를 그냥 지나쳐 가버릴지도 모르기 때문이다. 어떤 순간에 자신이 살아 있다고 느끼려면 생각하지 말고 행동해야 한다. 그래야 그 장면이 머릿속에 박혀서 사라지지 않는다. 생각은 사라지지만 행동은 먼 미래의 어떤 모습으로 남게 되니까.

사실 모든 아이들이 나처럼 생각하지는 않을 것이다. 사서 아줌마는 내가 책을 많이 읽었고 또 어린 나이에 너무도 많은 일을 겪었기 때문에 뭐든지 내 멋대로 생각하는 경향이 있다고 했다. 그런 생각이라도 하지 않으면 매 순간 내가 처한 현실을 눈을 뜨고 바라봐야 하기 때문에 내가 어쩔 수 없이 그렇게 한다는 것이다. 그 말이 틀린 건 아니지만 누군가 나에 대해 잘 알고 있는 것처럼 말할 때면 나는 약간 기분이 상한다. 속내를 들킨 것 같기 때문이다. 하지만 지금은 그렇게라도 누군가 내 속을 좀 알아줬으면 하는 생각이 든다.

집으로 오자마자 다시 아빠에게 전화를 걸어보기로 했다. 지금쯤이면 아빠도 전화를 받지 않을까 싶었던 것이다. 송수화기를 들자마자 이 전화는 고객님의 요청으로 발신이 정지된 상태라는 안내 메시지가 나왔다. 맹세컨대, 우리가 그렇게 요청한 적은 없다. 아마 밀린 요금 때문에 전화국에서 그렇게 조치를 취해놓은 것 같았다. 할 수 없이 나는 전화가 오기를 기다렸다. 아무나 나에게 전화를 걸어주었으면 하고 간절히 기도했다. 그렇게 간절히 전화벨이 울리길 기다려본 적은 없었다. 밖이 얼마나 춥던지 그러고 있는 동안에도 손발이 오그라들었다.

나는 아랫목에 잠든 듯 누워 계신 할아버지 얼굴을 쳐다봤다. 거기 누워 계신 분은 분명 내 할아버지였지만 이제는 내가 알던 그 할아버지가 아니었다. 할아버지는 내 기억 속에서만 온전히 할아버지로 되살아났으니까. 나는 고통에 익숙해지려고 할아버지를 좀더 가까이서 바라보았다. 광대뼈 사이로 움푹 들어간 눈꺼풀은 한 번도 열린 적이 없었던 것처럼 완강하게 닫혀 있었다. 바로 그곳에 할아버지의 영혼이 깃든 적이 있었다고 생각하면 정말이지 이상하기만 했다. 한참 동안 영혼이 없는 할아버지의 마른 몸을 바라보다가 또다시 전화기 앞으로 가서 앉았다.

나는 정말로 전화벨이 울릴 거라고는 생각하지 않았다. 단지 겁이 나서 그러고 있었던 것뿐이다. 그런 이유로, 막상 전화벨이 울렸을 때 무척이나 놀랐다. 떨리는 손으로 수화기를 들고 저쪽에서 들려오는 목소리에 귀를 기울였다. 굵은 목소리를 가진 어떤 남자였다. 그는 내게 다짜고짜 아빠를 바꾸라고 말했다. 나는 아빠가 없으니 용건이 있으면 내게 말하라고 했다. 그랬더니 그는 짜증 섞인 목소리로 그럼 다른 어른은 없느냐고 물었다. 나는 없다고 대답했다. 그러자 이번에는 그가 나에게 누구냐고 물었다. 나는 그러는 당신은 누구냐고 물었다. 그랬더니 하는 소리가 자신은 경찰관이라는 것이었다. 그 말을 듣는 즉시 전화를 끊어버렸다.

가슴이 벌렁거려서 아무 생각도 할 수 없었다. 분명한 것은 내 삶이 지금 막 끝을 향해 치닫기 시작했다는 것이었다. 나는 감옥에 갈 것이다. 정작 훔친 구두는 신어보지도 못하고 감옥에서 청춘을 다 보내게 될지도 모른다. 왜냐하면 나는 감옥에 가는 즉시 탈옥하려고 할 게 뻔하고, 그러다 붙잡혀서 영영 그곳에 눌러 앉게 될 것이기 때문이다. 아빠는 날 위해 아무것도 하지 않을 것이고 형은 있으나마나다. 내가 그런 생각을 하는 동안에도 전화벨은 계속 울리고 있었다. 정말이지 죽을 것 같았다. 그 소리는 내 운명을 송두리째 뒤흔드는 경고음처럼 끈질기고 집요했다. 그 어떤 악마의 목소리도 그보다 끔찍하지는 않을 거였다. 내가 아무리 도망쳐도 그 소리는 끝까지 나를 뒤쫓아올 것이다. 나는 항복할 수밖에 없었다. 그래서 에라, 모르겠다 하는 심정으로 또다시 수화기를 집어 들었다.

"한 번만 더 전화를 끊으면 혼날 줄 알아라."

그는 정말로 화가 난 것 같았다. 그가 내 운명을 움켜쥐고 있었기 때문에 나는 고분고분해지기로 마음먹었다.

"내 말을 잘 들어라, 얘야. 지금 당장 보호자가 와서 이 못된 녀석을 데려가지 않으면 철창에 보내버리겠다고 전해라, 알겠니?"

그 경찰관은 내가 아니라 형에게 뭔가 문제가 생겼다고 말하고 있었다. 나는 너무도 안심이 되어서 하마터면 그것 참 다행이군요, 라고 말할 뻔했다. 나는 형과 나의 운명이 뒤바뀐 것에 감사했다. 어차피 형은 자신의 인생을 망칠 생각이었으니까 일찌감치 그런 곳에 드나드는 것도 나쁘지 않을 것 같았다. 누구에게나 삶에 눈을 뜨게 되는 결정적 순간이 있게 마련이니까.

송수화기를 내려놓는 즉시 자리에서 일어났다. 그러고는 무슨 옷을 입을까 고민했다. 관공서에 가는 건 처음이었기 때문에 어떻게 차려입어야 될지 몰랐다. 생각 끝에 형이 벗어놓고 간 교복을 입었다. 그걸 입고 나니 벌써 중학생이라도 된 듯한 기분이었다. 나는 좀더 그럴 듯해 보이려고 손에 물을 적셔 머리카락을 정돈했다.

경찰서 입구까지 갔을 때, 나는 다시 집으로 돌아가려고 발걸음을 돌렸다. 나처럼 뭔가 켕기는 구석이 있는 아이들에게는 경찰서 입구가 사자 우리만큼이나 두렵게 느껴지는 법이다. 하지만 다시 용기를 냈다. 형이 무슨 꼴을 당하고 있는지 가서 봐야 했기 때문이다. 태연하게 보이려고 두 손을 주머니에 넣고 걸었다. 다행히 정문에서는 아무도 나를 제지하지 않았다. 경찰관 두 명이 탄 경찰차가 내 옆을 지나쳐서 정문을 빠져나갔다. 그걸 보자 약간 겁이 났다. 나는 내가 무엇을 두려워하는지 알고 있었다. 나는 나중에 경찰관만큼이나 강해질 것이다. 그리고 나쁜 짓을 하는 아이를 보면 나도 한때는 그랬다는 걸 보여주려고 말없이 머리를 쓰다듬어줘야겠다. 그 애와 함께 경찰서 문 앞에 나란히 서서 오줌을 갈기는 것도 괜찮겠지. 그러면 그 애는 나를 친형처럼 따를 텐데. 나는 태연히 웃으면서 경찰관을 두 명이나 지나칠 수 있었다.

내가 막 현관 입구에 있는 계단 앞까지 갔을 때, 검은색 자동차가 그 앞에 멈춰 서더니 아줌마 한 분이 거기서 내렸다. 그 아줌마는 잔뜩 화가 난 얼굴로 성큼성큼 계단을 올라가버렸다. 뒤이어 또 다른 자동차가 멈춰 섰다. 두번째 자동차는 첫번째 것보다는 비싸 보이지 않았다. 그래도 거기서 내린 아줌마는 목에다 진주 목걸이를 하고 발목까지 내려오는 털이 잔뜩 달린 외투를 입고 있었다. 나는 기사가 딸린 자동차를 타려면 돈이 얼마나 많아야 하는지 생각하느라 잠시 이곳에 온 목적을 잊고 있었다.

슬슬 계단을 올라갔다. 어디로 가야 하는지 몰랐기 때문에 현관 입구에서 잠시 망설였다. 마침 지나가는 경찰관 아저씨가 있었다. 나는 그 경찰관 아저씨를 붙잡고 형을 만나러 왔다고 말했다. 그렇게 하는 데도 많은 용기가 필요했다. 경찰관 아저씨는 내 행색을 살펴보고 나서 귀찮은 듯 2층 계단을 가리켰다. 그는 좀 피곤해 보였다. 어찌나 피곤해 보이던지 누군가 자신의 지갑을 훔쳐 달아난다고 해도 붙잡을 생각도 없을 것 같았다. 그가 가르쳐준 대로 다시 2층으로 올라간 뒤 복도 오른쪽 끝에 있는 방으로 들어갔다.

거기서 아까 본 두 명의 아줌마를 다 보았다. 그 여자들은 심각한 얼굴로 형사와 얘기를 나누고 있는 중이었다. 형은 두 명의 다른 아이들과 함께 나란히 의자에 앉아 있었다. 그 세 사람은 다소 어리둥절한 얼굴로 담당 형사의 표정을 살피고 있었다. 조금은 두려워하는 기색도 엿보였다. 아마도 자신들의 앞날이 어찌될지 궁금해서 그런 것 같았다. 바로 그때, 형사와 이야기를 마친 아줌마 한 분이 세 사람 앞으로 다가가더니 갑자기 자기 아들의 뺨을 때렸다.

"이 자식아, 엄마 말이 우습게 들리디?"

어수선한 경찰서 안이 갑자기 조용해졌다. 그 아줌마는 주위의 시선에 신경 쓰지 않고 한 번 더 아들의 뺨을 때렸다. 그 아이는 바보같이 울기 시작했다. 사람들이 보는 앞에서, 고작 뺨을 맞은 것 때문에 눈물을 흘린다는 게 말이 되는가! 하지만 그 아이는 그런 것은 신경 쓰지 않는 것 같았다. 단지 자신이 맞았다는 사실만이 중요해 보였다. 나는 뭐가 어떻게 되나 보려고 계속해서 그 재수 없는 아줌마를 쳐다봤다. 그러느라 형의 담임 선생님이 내 옆을 지나쳐 안으로 들어서는 것도 보지 못했다.

"이딴 녀석들하고 어울리지 말라고 몇 번이나 말했니? 너, 오늘 집에 가서 죽을 줄 알아라!"

그 여자는 자기 아들의 멱살을 잡아 일으켜 세우고는 간다는 말도 없이 가버렸다. 그걸 보고 나는 그 애가 너무도 불쌍하다고 생각했다. 그리고 세상 모든 사람들이 우리 할아버지처럼 아이를 존중하지는 않는다는 것도 깨달았다.

다른 한 명의 아줌마도 자기 아들을 데리고 조용히 밖으로 나갔다. 남은 것은 우리 형뿐이었다. 나는 형 옆의 빈자리로 가서 조용히 앉았다. 형은 나를 향해 어깨를 으쓱거리고는 고개를 숙여버렸다. 그동안 형의 담임 선생님은 담당 형사와 이야기를 나누었다.

"이 아이가 어쨌다구요?"

"아주 못된 짓을 했지요. 지하철을 타고 돌아다니면서 불법 시디를 파는 걸 현장에서 붙잡았으니까요. 그렇고 그런 영상물 말입니다."

"처음인가요?"

"아마 그럴 겁니다. 제보에 의하면 진짜 범인은 따로 있어요. 문제는 이 녀석들이 범인을 알고 있으면서도 말하지 않는다는 겁니다. 보복이 두려워서겠지요."

"보복이 무섭지요. 특히나 그런 놈들의 복수는 아주 치밀하고 야비하거든요."

"이쪽 일에 대해 잘 아십니까?"

담당 형사가 의외라는 듯 물었다. 형의 담임 선생님은 별거 아니라는 투로 이렇게 말했다.

"작년에 퇴학당한 제 제자가 지하철에서 그런 복사본을 판다는 소식을 들은 적이 있어서요. 그 아이가 가끔 제게 와서 자신이 하는 일에 대해 말해줍니다."

"놀랍군요, 제자가 그런 일을 하다니……"

"놀랍긴요, 그런 제자들은 얼마든지 있습니다."

"훌륭하십니다."

"네, 보통 일은 아니지요. 하지만 제가 그 아이들과의 인연을 끊어버리지 않는 건 그들이 주는 정보를 통해 다른 제자들을 보호해야 하기 때문입니다."

"그럼, 저 녀석을 어떻게 할까요? 이 정도 일로 감옥에 보낼 수도 없고……"

"당연히 보내야지요!"

담임 선생님이 그렇게 말해서 나는 너무도 놀랐다. 형은 갑자기 몸을 부들부들 떨면서 내 손을 잡았다. 나는 그런 형이 가여워서 붙잡은 손에 힘을 꽉 주었다.

"저런 녀석들은 당연히 철창신세를 지게 해야 합니다. 그래야 정신을 차리지요. 그렇게 하는 것이 저 애송이 녀석을 진짜 범죄자로 만드는 지름길이니까요."

"대체 뭘 어쩌자는 거요?"

형사가 약간 짜증 섞인 목소리로 물었다. 뒤이어 그는 선생님의 진심을 알아차리기에는 자신이 너무 바쁘다고 해명했다.

"제가 데리고 가겠습니다."

"그러실 줄 알았습니다. 하지만 또 한 번 이런 짓을 하다 잡히면 그땐 훈방이고 뭐고 없습니다. 지금은 나이도 어리고 또 처음이니까……"

"잘 압니다. 제가 데리고 가서 확실히 버릇을 고쳐놓겠습니다."

담임 선생님은 서류에 사인을 한 뒤에 형사와 악수를 나눴다. 그리고 우리 세 사람은 경찰서를 나왔다.

선생님이 앞서 걸었다. 우리는 죄인처럼 고개를 숙인 채 그 뒤를 따라 걸었다. 따지고 보면 나도 죄인이니까 그렇게 하는 게 무리는 아니었다.

경찰서 밖으로 나왔을 때 마침 건너편 식당에서 고기 굽는 냄새가 났다. 그제야 나는 창자가 텅 비어 있다는 것을 깨달았다. 아마 형도 마찬가지였을 것이다. 나는 코가 마비되어버렸으면 하고 바랐다. 길거리에 진동하는 고기 냄새 때문에 무릎이 다 꺾일 지경이었으니까. 나는 혹시나 선생님이 우리에게 고기를 사주지 않을까 내심 기대했다. 왜냐하면 그가 갑자기 방향을 틀어서 고깃집 앞으로 건너갔기 때문이었다.

"너희들 혹시 배고프냐?"

예상대로 선생님이 그렇게 물었다. 하지만 나는 배고프지 않다고 대답했다. 왜냐하면 사람은 염치라는 게 있어야 하기 때문이다. 나는 선생님이 형을 구해준 것만으로도 감사하니 밥 같은 건 사주지 않아도 된다고 말했다. 엄마 없이도 우리가 예의 바르게 자랐다는 것을 그 선생님께 꼭 보여주고 싶었다. 선생님은 예전처럼 내 얼굴을 똑바로 쳐다보더니 보일 듯 말 듯 미소를 지었다. 그러고는 갑자기 형을 쳐다보며 물었다.

"그거 아직도 가지고 있냐?"

"뭘요?"

"그 시디 말이다…… 그거 지금도 가지고 있냐고."

"아니요, 없어요. 아까 그 형사가 다 가져가버렸어요, 정말이에요."

"거, 참 안됐구나. 있으면 나도 하나 사려고 했는데."

나는 그 선생님이 정말로 이상하다고 생각했다. 형도 나와 같은 생각이었는지 갑자기 울기 시작했다.

"잘못했어요, 선생님. 잘못했어요!"

형은 울면서 그렇게 외쳤다. 나는 사람들이 우리를 쳐다보는 게 싫어서 형에게 그만 울라고 다그쳤다. 하지만 형은 계속해서 눈물을 질질 짰다. 하도 울어서 눈물이 콧물인지 콧물이 눈물인지 알 수 없을 정도였다. 선생님과 나는 형이 다 울 때까지 기다렸다. 형이 자신의 더러운 옷소매로 자꾸만 눈물을 닦았기 때문에 나중에는 얼굴이 다 시뻘개졌다. 나는 형이 다 울 때까지 기다리느라 추워서 죽는 줄 알았다. 고깃집에선 아직도 고기 굽는 냄새가 솔솔 풍겨 나오고 있었다. 나는 형이 울 때 울더라도 장소를 좀 옮겼으면 싶었다. 하지만 눈치 없이 그런 말을 할 수는 없었다. 누가 울면 다 울 때까지 기다려주는 게 사람의 도리이니까. 나는 아직 열세 살밖에 되지 않았지만 그 정도는 알고 있었기 때문에 입을 꽉 다물고 있었다.

"널 그렇게 울릴 생각은 아니었는데…… 아무튼 미안하게 됐구나."

형이 겨우 울음을 그치고 코를 훌쩍이고 있을 때 선생님이 그렇게 말했다. 나는 그 선생님이 틀림없이 좋은 사람일 거라고 확신했다. 사과는 아무나 하는 게 아니기 때문이다. 아이들에게 미안하다고 말할 수 있는 어른이라면 충분히 좋은 사람인 것이다. 나는 형에게 그런 선생님이라도 있어서 퍽 다행이라고 생각했다. 형은 그런 선생님을 믿어야 할지 말아야 할지 모르겠다는 표정으로 계속해서 코를 훌쩍거렸다. 아마도 자신이 운 것 때문에 조금은 민망한 것 같았다. 다행히 내 주머니 속에 조그만 휴지 조각이 있어서 그걸 형에게 내밀었다. 형은 그걸 받아 코를 시원하게 풀더니 나를 보고는 멋쩍게 웃었다. 나는 보통, 사람이 열 살이 넘으면 어느 정도는 철이 드는 건 줄 알았다. 하지만 오늘 형이 하는 짓을 보고 나니 그건 사람마다 각기 다른 모양이었다.

"자, 이제 밥 먹으러 가자."

선생님은 그렇게 말하고 난 뒤 식당으로 성큼성큼 들어갔다. 하지만 고깃집은 아니었고 고깃집 옆에 붙어 있는 중국 요릿집이었다. 나는 짜장면을 먹은 게 언제였는지 생각도 나지 않았다.

의자에 앉자마자 선생님은 우리에게 물어보지도 않고 주인 아주머니에게 짜장면 세 그릇을 달라고 했다. 나는 다른 게 먹고 싶었다. 볶음밥이나 뭐 그런 거 말이다. 하지만 돈을 내는 사람은 내가 아니기 때문에 그냥 얌전히 앉아 있었다. 형은 벌써 행복한 표정으로 자기 앞에 놓인 단무지 하나를 집어 먹었다. 나는 죽었다 깨어나도 형처럼 뻔뻔하지는 못할 것 같았다.

그 인정 많은 선생님은 짜장면을 먹으면서도 여러 가지 이야기를 해주셨다. 하지만 너무도 배가 고팠던지라 선생님이 하는 말을 모두 귀담아듣지는 못했다. 그나마 선생님이 했던 말 중에 가장 인상 깊었던 것은 미래에 대한 이야기였다. 우리 모두는 미래에 대해 알 수 없지만, 현재의 모습이 곧 미래를 결정한다는 따위의 얘기 말이다. 선생님은 형에게 그런 말을 하면서 장래 희망이 뭐냐고 물었다. 그랬더니 형은 입안에 든 짜장면을 삼키고 나서 자신에게는 희망이 없다고 말했다. 선생님은 우리 나이에 희망이 없는 건 전혀 이상한 게 아니며, 자신은 지금 서른아홉 살인데도 희망이 없다고 말하는 것이었다. 그러니 쓸데없이 희망이니 뭐니 하는 소리에 신경 쓰지 말고 자기 할 일이나 하면서 조용히 살면 된다고 말씀하셨다. 나는 그 선생님이 약간 괴짜일지도 모른다고 생각했다. 내가 선생님처럼 생각하는 것이 정상이냐고 묻자 그는 이렇게 말했다.

"글쎄다, 어릴 때 하도 맞아서 내 머리가 어떻게 되어버렸는지도 모르지."

선생님은 한숨을 내쉬었다.

"우리 아버진 군인이셨거든. 그래서 군대식으로 나를 가르쳤지. 나는 지금도 군인들만 보면 무서워서 벌벌 떤단다."

그 말을 듣고 나는 그 선생님을 조금은 이해할 수 있을 것 같았다. 그래서 처음으로 선생님을 향해 미소 지었다.

"그래도 나는 어릴 때 내가 할 일을 했기 때문에 지금 이렇게 학생들을 가르칠 수 있게 되었단다. 우리 아버진 나를 위대한 영웅쯤으로 만들고 싶었는지 모르지만 영웅이 다 뭐냐, 그냥 평범한 사람이 되는 것도 힘든 마당에."

"그건 맞는 말씀이세요. 평범한 아이가 되는 것도 정말로 힘들거든요."

우리는 마주보고 웃었다. 그렇게 누군가를 향해 웃어보는 게 얼마만인지 몰랐다.

"하지만 말이다…… 난 내가 가르치는 학생들이 누군가의 속을 썩이는 사람이 아니라 누군가의 기쁨이 되었으면 좋겠다. 너희들도 마찬가지고."

"누군가의 기쁨이 된다는 건 대체 어떤 의미죠?"

"다른 사람을 행복하게 해주는 거지. 너 때문에 누군가 행복해한다면 넌 그 사람의 기쁨이 되는 거다."

"쉽지는 않겠네요."

"맞아, 이 세상에서 쉬운 일은 하나도 없지."

그렇게 말하고 나서 선생님은 또다시 한숨을 내쉬었다. 그걸 보고 정말로 사는 게 어렵다는 생각이 들었다. 식사를 마친 후에 선생님은 급히 가볼 데가 있다며 먼저 일어나셨다. 그러고는 밖으로 나가기 전에 갑자기 생각났다는 듯 이렇게 말씀하셨다.

"미리 말해두는데, 선생이란 직업은 좋은 게 못 된단다. 매일 이렇게 못된 녀석들의 뒤치다꺼리나 하면서 살아야 하니까."

그 선생님은 정말로 알 수 없는 사람이었다. 그래도 나는 선생님이 좋았다. 왜 그런지는 알 수 없다. 좋은 건 그냥 좋은 거니까.

행복한 사람들

집으로 돌아가는 길에 아빠에게 전화를 걸어보기로 했다. 그래서 형에게 동전이 있냐고 물었다. 형은 시디 판 돈을 모두 빼앗겨서 한 푼도 없다고 했다. 나는 말이 나온 김에 그런 건 대체 왜 팔았느냐고 물었다. 형은 모든 게 나를 위한 일이었다고 대답했다. 돈을 벌어서 새 플루트를 선물해주고 싶었다고. 너무도 어이없는 말인지라 대꾸도 하지 않았다. 대신 조금 전 내 머릿속에 떠오른 기발한 생각을 형에게 털어놓았다.

"구걸을 하잔 말이야?"

형의 두 눈이 엄청나게 커졌다. 나는 신경 쓰지 않고 계속해서 말했다.

"바구니나 뭐 그런 것만 있으면 돼. 쓰레기통을 뒤지면 뭔가 나오겠지. 아무튼 그걸 앞에 두고 지나가는 사람들에게 인사를 하는 거야."

"너, 미쳤구나? 도대체 누가 그런 짓을 하라고 가르쳐줬냐?"

"아니, 아무도 가르쳐주진 않았어. 하지만 형이 이렇게 나올 줄 정말 몰랐는데."

"뭐가 어째? 난 네 형이야. 네가 잘못된 길로 가면 난 죽고 말거야."

나는 웃음이 나왔다. 형이 그런 말을 할 처지는 아니었으니까.

"싫으면 할 수 없고. 나 혼자라도 할 테니까."

"야, 너 정말 이러기냐?"

"내가 뭘."

갑자기 의지할 사람 하나 없다는 생각이 들어 비참했다. 그래서 형을 앞질러 빠른 걸음으로 걷기 시작했다.

"너, 진심이구나? 정말로 동냥이나 하겠다는 거지?"

아무런 대꾸도 하지 않았다. 형이 꼴 보기 싫어서 고개도 들지 않았다. 형은 내 팔을 붙잡고 늘어졌다. 할 수 없이 나는 빠르게 설명하기 시작했다.

"그건 나쁜 짓이 아니야, 형. 다른 사람을 해치는 게 아니니까. 그냥 앉아서 웃는 얼굴로 인사를 하면 인정 많은 누군가가 동전을 던져준단 말이야. 그건 그 사람한테도 좋은 일이야. 착한 일을 하면 복을 받을 수 있으니까. 서로 좋자고 하는 일인데, 그렇게까지 펄펄 뛸 건 없잖아? 게다가 우린 지금 당장 돈이 필요하다고. 어디 가서 훔치는 것보단 백 배 천 배 나은 일 아니야?"

"에라, 모르겠다. 네 말을 들으니 그런 것 같기도 하고……"

그제야 형이 붙잡은 팔을 놓아주었다. 나는 한숨을 내쉬고는 또 다시 걷기 시작했다. 이번에는 좀 천천히 걸었다. 생각을 정리할 필요가 있었기 때문이다.

"근데 있잖아…… 난 못하겠어. 방금 전에 경찰서에서 나왔는데 또다시 붙잡혀 가긴 싫다."

"그러니까 내가 한다고 했잖아."

"대단하구나, 너. 어디서 그런 용기가 나는지 모르겠지만."

"나도 이젠 어린애가 아니야."

그건 사실이었다. 나는 이미 열세 살이나 되었으니까. 내 마음 속 진짜 나이는 스무 살, 아니 서른 살도 더 되어 있었지만.

형은 고개를 설레설레 흔들었지만 내 말에 반박하지 않았다. 대신 말없이 내 어깨를 두드려 주었다.

"잠깐이면 될 거야."

"근데 너…… 그건 내 교복이잖아?"

"그래서?"

"어휴, 이 멍청이. 그걸 입고 동냥질을 하면 어떡해? 내일쯤 되면 학교에 소문이 파다할 텐데."

"미안해, 형. 미처 몰랐어."

"어디 가서 옷이라도 바꿔 입자."

우리는 근처에 있는 건물 화장실에서 옷을 바꿔 입었다. 형이 입고 있던 옷에선 심하게 냄새가 났지만 못 견딜 정도는 아니었다. 나는 바짓단을 몇 번 접어 올리고 난 뒤 형을 보았다. 형은 명찰을 떼

어낸 뒤에 추위를 조금이라도 피해보려는 듯 얼른 팔짱을 꼈다. 그러고 나서 우리는 장소를 물색하러 돌아다녔다.

처음에는 그냥 길거리를 아무렇게나 쏘다녔다. 마땅한 장소를 고르는 게 생각보다 쉽지 않았기 때문이다. 사람들이 많이 모이는 장소에는 이미 다른 노숙인들이 자리를 차지하고 있거나 그도 아니면 노점상들이 장사를 하고 있었다. 우리는 바쁘게 쏘다니느라 추운 줄도 몰랐다. 대형 쇼핑몰 앞은 우리 같은 아이들이 너무 많아서 형이 싫다고 했다. 할 수 없이 우리는 역 광장으로 갔다. 거기도 이미 노숙인들이 많았지만 하도 넓어서 한두 명쯤 노숙인이 더 늘어난다고 해도 상관없을 듯했다. 우리는 잠깐 구걸만 한 뒤에 그곳을 뜰 생각이었다.

본격적으로 구걸을 하기에 앞서 쓰레기통을 뒤졌다. 거기서 커다란 팝콘 상자를 찾아냈다. 그건 동전을 담기에 아주 훌륭한 그릇이었다. 형은 광장 벤치에 앉아 구경하기로 했다. 대합실에 들어가 있으라고 했는데도 굳이 밖에서 기다리겠다고 고집을 피웠다. 할 수 없이 나는 팝콘 상자를 들고 계단 중간쯤에 앉았다. 혹시라도 바람이 불어 팝콘 상자가 날아가지 않도록 그 안에 작은 돌멩이 하나를 집어넣었다. 그러고는 계단 옆에 바짝 붙어서 지나가는 사람들에게 한 푼 줍쇼, 하고 말했다. 그런 말을 하고 나니 너무도 쑥스러웠다. 그래서 한동안 가만히 앉아 있기만 했다. 아무도 나를 거들떠보지 않았다.

나는 방법을 바꾸기로 했다. 사람들이 어떤 말을 들었을 때 가장 기분이 좋을지 생각하느라 한참을 고심해야 했다. 마침내 좋은 문구를 떠올리고 어떤 아가씨에게 써먹었다. 그 아가씨는 조금 관심을 보였다. 내 앞을 그냥 지나쳐 가긴 했지만 계단을 다 올라갔을 때 뒤를 한 번 쳐다보았던 것이다. 그것만으로도 나는 충분히 효과가 있다고 느꼈다. 그래서 다음번에는 자신 있는 목소리로 이렇게 외쳤다.

"불쌍한 아이에게 온정을 베푸세요, 그러면 행복이 찾아옵니다!"

다른 사람들도 역시 행복이라는 말에 관심을 보이긴 했지만 쉽게 지갑을 열지는 않았다. 나는 이 일이 생각보다 어려운 일임을 알 수 있었다. 세상에 쉬운 일이 어디 있겠는가! 게다가 이 일은 부끄러움을 무릅쓰지 않으면 안 되는 일이었다. 나 역시 사람들이 쳐다볼 때마다 얼굴이 붉어지는 것을 느꼈다. 뭔가 떳떳치 못한 일을 하고 있다는 생각에 사람들 얼굴을 똑바로 쳐다볼 수도 없었다. 무엇보다도 나 자신에게 못할 짓을 하고 있는 것만 같았다. 그럴수록 나는 마음을 다잡았다. 굶어 죽게 생긴 마당에 무슨 짓을 못하겠는가. 나는 머릿속을 비우려고 애썼다. 생각을 자꾸 하게 되면 살아갈 힘을 잃게 되는 법이다. 살아가는 데 중요한 건 무엇보다 행동이니까.

"행복이 찾아와요, 불쌍한 아이에게 온정을 베푸세요!"

더 큰 목소리로 사람들의 시선을 끌려고 했다. 사람들은 어찌나 바쁜지 나 같은 아이에게는 눈길조차 줄 시간도 없는 것 같았다. 나는 포기하지 않았다. 형은 벤치에 꼼짝 않고 앉아 있었다. 내가 자기와는 아무 상관도 없는 아이라는 듯 이쪽은 쳐다보지도 않았다.

아마도 내가 창피한 것 같았다. 나는 본때를 보여주려고 더 큰 소리로 외쳐댔다.

"선생님, 저에게 온정을 베푸세요. 그러면 선생님 가정에 행복이 찾아갈 겁니다."

마침 내 앞을 지나가는 신사를 향해 그렇게 말했다. 그는 들은 척도 하지 않고 그냥 지나쳐 가버렸다. 나는 그 인정머리 없는 신사를 향해 가다가 넘어져 코나 깨져라, 하고 욕했다. 그는 못 들은 것 같았다. 차라리 잘된 일이었다. 만일 그 신사가 화가 나서 신고라도 하게 되면 큰일이기 때문이었다.

"예쁜 아가씨, 저에게 온정을 베푸세요. 그러면 행운이 찾아옵니다."

엄청나게 큰 가방을 어깨에 메고 계단을 내려오던 어떤 여자를 향해 그렇게 외쳤다. 여자들은 항상 예쁘다는 말을 좋아한다. 그리고 자신의 나이보다 어려 보인다고 말하면 또 그렇게 좋아할 수가 없다. 남자 친구와 팔짱을 끼고 내려오던 그 여자도 내 말이 듣기 좋았던지 발걸음을 멈췄다. 그러고는 내게 가까이 다가와서 이렇게 물었다.

"내가 아가씨처럼 보이니?"

나는 당연하다는 듯이 열심히 고개를 끄덕였다. 그랬더니 그 여자는 옆에 서 있던 남자 친구를 향해 꺄르르 웃어 보이고는 가방 안에서 조그만 지갑을 꺼냈다. 나는 가슴이 벌렁거렸다. 하지만 내색하지 않으려고 가만히 앉아 있었다.

"오버 좀 하지 마. 애가 한 소릴 가지고."

여자가 푸른색 지폐를 꺼내자 옆에 서 있던 남자 친구가 말렸다. 순간 나는 그 자식의 목을 조르고 싶어졌다. 아무런 악의나 선의도 없이 나 같은 아이에게 떨어질 뻔한 행운을 빼앗아버린다는 게 말이 되는가. 그러면 안 되는 것이다. 아마 그 자식도 내 입장이 되어 보면 이런 내 증오심을 이해하게 될는지도 모른다. 그러나 그런 것까진 알 것도 없고, 나는 그냥 그 여자의 마음이 바뀌지나 않았으면 하고 바랄 뿐이었다.

"추운데 고생하잖아. 쟤 엄마가 알면 얼마나 가슴이 아프겠어."

그녀는 재빨리 지폐를 집어넣고 동전 하나를 꺼내며 말했다. 하지만 그 여자의 입에서 '엄마'라는 단어가 튀어나오자 갑자기 머릿속이 텅 비는 것 같았다. 그때까지만 해도 엄마 생각은 전혀 하지 못했던 것이다. 그제야 나는 빌어먹는다는 게 어떤 의미인지 확실히 알 것 같았다. 나 같은 아이를 보면, 사람들이 내 엄마가 누군지 궁금해 한다는 사실을 잊고 있었던 것이다. 그런 생각이 들자 창피해서 죽을 것 같았다. 너무도 부끄러운 나머지 하마터면 눈물을 흘릴 뻔했다. 나는 눈물을 삼키고 나서 여자가 던져주고 간 동전을 주웠다. 그것이 바로 그 순간 내가 할 일이었다.

나는 누군가 나에게 동정을 베풀면 베풀수록 비참해진다는 것을 알게 되었다. 예전에 지하철 역사에서 만난 그 노숙인이 어째서 나를 쫓아내지 못해 안달했는지도 알 것 같았다. 그는 바구니를 빼앗길까 봐 그랬던 게 아니라 나에게 자신의 비참한 모습을 보여주기 싫어서 그랬던 것이다.

어쨌거나 나는 약간 멍한 상태로 거기 계속 앉아 있었다. 뺨이 터서 갈라지는 게 느껴질 만큼 추웠지만 아랑곳하지 않았다. 갑자기 아무 생각도 없어지고 아무 할 일도 없는 것처럼 느껴졌다. 내가 나 자신에게 아주 몹쓸 짓을 했다는 것 정도는 알고 있었다. 그래서 멍하니 지나가는 사람들을 쳐다봤다. 사람들은 내가 자신들을 뚫어져라 쳐다보는 것도 모를 만큼 바빴다. 그때 어떤 한 아이가 엄마라고 생각되는 여자의 손을 잡고 계단을 올라왔다. 그 애는 나만큼이나 귀엽게 생겼는데 나보다는 한참이나 어린 것 같았다. 그 애가 나를 보고 고개를 갸우뚱거렸다. 그러고는 자기 엄마를 향해 뭐라고 속삭였다. 그 여자는 나를 보더니 갑자기 못 볼 것을 본 사람처럼 서둘러 아이를 데리고 계단을 올라가버렸다. 아이는 제 엄마의 손에 이끌려가면서도 계속해서 뒤를 돌아다봤다. 나는 그 여자의 심정을 충분히 알 것 같았다. 자기 자식에게만큼은 좋은 것만 보여주고 싶은 엄마의 마음을.

"잠깐…… 잠깐만 기다려……!"

내가 막 상자를 치우려고 하는 순간, 조금 전에 봤던 아이가 갑자기 달려오며 그렇게 외쳤다. 나는 어찌해야 할 바를 모르고 어정쩡한 자세로 서 있었다. 아이는 내 앞으로 와서 숨을 헐떡거렸다. 그러고는 손에 꼭 쥐고 온 동전을 팝콘 상자에 떨어뜨려놓고 또다시 계단을 올라가버렸다. 아이의 엄마가 걱정스러운 표정으로 출입문 앞에서 기다리고 있었다. 아이는 남은 계단을 폴짝폴짝 뛰어올라가 엄마 품으로 갔다. 그 여자는 아들의 머리를 쓰다듬어준 뒤 다시 손을 잡고 대합실 안으로 들어갔다. 두 사람이 눈앞에서 사라진 뒤에 나는 팝콘 상자를 뒤져 주섬주섬 동전들을 주워 모았다. 오백 원짜리가 네 개나 들어 있었다. 나는 그 돈을 주머니 속에 집어넣고 잠깐 동안 그대로 있었다.

예전에 나는 울보였지만 지금은 울지 않는다. 눈물이 나오려고 하면 그때마다 눈을 깜빡거리거나 침을 꿀꺽 삼켜버린다. 그렇게 하면 눈물이 눈에 고일 새도 없이 어딘가로 사라진다. 아마도 그 눈물들은 모두 내 가슴속 어딘가에 쌓여 있을 것이다. 언젠가 나는 아무도 없는 곳으로 가서 그 눈물들을 한꺼번에 모두 쏟아내야겠다.

어느 정도 마음을 진정시킨 뒤에, 자리에서 일어났다. 그리고 형을 향해 손을 흔들었다. 형은 벌떡 일어나서 내게로 달려왔다. 그럴 기분은 아니었지만 용기를 내서 활짝 웃었다. 울고 싶을 때는 억지로라도 웃어야 한다. 그렇게 웃다 보면 내가 무엇 때문에 울고 싶어 했는지 잊을 수도 있기 때문이다. 더군다나 누가 시켜서 한 일도 아닌 걸 가지고 눈물을 보인다면 그야말로 한심스러울 것이다.

"야, 추워서 죽는 줄 알았다."

형의 얼굴은 말이 아니었다. 입술은 새파랗고 얼굴은 보랏빛이었다. 나는 형이 안쓰러워서 곧장 대합실로 가자고 말했다. 거기서 일단 몸을 녹인 뒤에 공중전화를 찾아 전화를 걸 셈이었다. 형은 나에게 얼마를 벌었냐고 묻지 않았다. 아마도 형의 양심이 그걸 허락하지 않는 모양이었다. 형과 나는 내 주머니 속에서 짤랑거리는 동전

소리를 들으면서 말없이 걸었다.

대합실의 출입문을 열고 들어가자마자 따뜻한 온기가 온몸을 감쌌다. 거긴 엄청나게 많은 사람들로 붐볐다. 대부분 바퀴 달린 트렁크를 끌거나 커다란 가방을 들고 어디론가 바삐 가거나 돌아오는 중이었다. 나도 저 사람들처럼 언젠가 기차를 타고 여행을 떠날 것이다. 나는 아직 바다를 본 적이 없다. 텔레비전에서 본 적은 있지만 실제로 가본 적은 없다. 스무 살이나 스물한 살쯤 되면 바다에 갈 수 있을지도 모르겠다. 그때가 돼서 정말로 바다에 가게 된다면 하루 종일 해변을 어슬렁거려야겠다. 거긴 바람이 차고 공기는 맑을 것이다. 파도 소리가 들리고 갈매기가 시끄럽게 떠들어대겠지. 그럼 난 혼자서 조용히 모래사장을 걷고 또 걸을 것이다. 그때가 되면 마음의 불안을 떨쳐낼 수 있을는지도 모르겠다. 하지만 바다는 아주 멀다. 또 어떻게 가야 하는지도 모른다. 그런 것들은 좀더 나중에 알게 될 것이다.

"파도 소리가 들려."

조금 엉뚱하게 들릴지 모르겠지만, 그때 정말로 파도 소리가 들리기 시작했다. 내 심장이 벌써부터 쿵쿵 뛰기 시작했다.

"가보자."

형이 소매를 잡아끌었다. 나는 꿈에서 막 깬 것 같은 얼굴로 형을 쳐다봤다. 내 귀는 계속해서 어느 한 곳을 향해 열려 있었다. 까맣게 잊고 있던 감정들이 가슴속에서 뭉게뭉게 피어올랐다.

"저기서 나는 소리야."

나는 무작정 형이 이끄는 대로 따라갔다. 내 몸의 감각들은 꿈속을 헤매는 것처럼 비현실적이었다. 형을 따라간 곳은 분수대가 있는 대합실 한복판이었다. 거기서 어떤 청년이 기타를 치며 노래를 부르고 있었다. 그 청년의 목소리가 파도처럼 철썩거리며 내 귀에 달라붙었다.

많은 사람들이 그 청년의 노래를 듣기 위해 모여 있었다. 그걸 보고 나는 깜짝 놀랐다. 그 청년의 앞에도 동전 그릇이 놓여 있었기 때문이었다. 마술사가 쓰는 것 같은 검정색 모자였는데 그 안에는 이미 제법 많은 동전들이 쌓여 있었다. 청년의 노래는 너무도 아름다웠다. 그래서 나도 모르게 손가락을 움직여보았다. 다른 사람들은 모르겠지만 기타와 플루트의 멋진 협연이 시작된 것이다. 부드러운 멜로디와 힘찬 리듬이 파도처럼 출렁거렸다. 그 아름다운 선율을 따라서 가다 보면 할아버지가 있는 곳에 가닿을 수도 있을 것 같았다. 황홀했다. 어찌나 행복하던지 영영 깨어나고 싶지 않은 꿈을 꾸는 것 같았다. 나는 눈을 떴다. 한시라도 빨리 환상에서 벗어나야겠다고 생각한 것이다.

노래가 끝난 뒤, 사람들이 박수를 쳤다. 그러고는 청년의 앞에 놓인 모자 속에 동전을 던져주었다. 아마도 잠시나마 꿈같은 행복감을 맛보게 해준 감사의 표시로 동전을 던지는 것 같았다. 청년은 자기 앞에 쌓여가는 동전에는 별 관심이 없고 단지 사람들 앞에서 노래 부르는 것에 만족해하는 것 같았다. 나는 그 청년이야말로 세상에서 가장 행복한 사람이 아닐까, 하고 생각했다. 자신이 가진 것으로 다른 사람들을 행복하게 해줄 수 있는 사람은 그리 많지 않기 때문이다.

그 청년을 보고서야 가난한 사람에게도 지켜야 할 최소한의 자존심이 있으며 그걸 버리고 나면 정말로 가난해진다는 것을 알게 되었다. 그래서 다시는 다른 사람의 동정을 사는 짓은 하지 않겠다고 결심했다. 그건 정말이지 못할 짓이다. 하지만 언젠가 또 급한 일이 생긴다면, 그때 가서 어떻게 하게 될지는 장담하지 못하겠다. 사람이란 항상 상황이 불리할 때를 위해 변명거리를 생각해놓기 마련이니까.

그리고 나는 이제 영원히 음악 소리와는 담을 쌓고 살 것이다. 음악은 나를 나약하게 만들고 자꾸만 감상에 빠지게 한다. 내가 한때 플루트를 분 적이 있다는 사실도 완전히 잊어버려야겠다. 그렇게 하는 것만이 나를 현실에서 살아가도록 할 테니까.

그런 생각을 하는 동안 다시 노래가 시작되었다. 나는 빨리 현실로 되돌아가고 싶은 마음에 형의 옷을 붙잡아 끌었다. 그걸 놓치면 영영 꿈속에서 살게 될 것만 같았다. 나는 당장 그 자리를 떠나고 싶었다. 그래서 노래에 흠뻑 빠져 있는 형의 귀에다 대고 이렇게 말했다.

"아휴, 시끄러워라. 빨리 공중전화나 찾아보자."

형이 이상하다는 듯 나를 쳐다보았다.

"시끄럽다고? 너, 어떻게 된 거 아니냐?"

"뭐가 어때서?"

"너처럼 영리한 애가 내 말을 모른단 말이니? 넌 음악에 소질이 있잖아. 할아버지도 그러셨고. 그런 네가 시끄럽다고 하는 건 이상하단 말이야."

"시끄러우니까 시끄럽다고 하지. 저런 끔찍한 소리를 듣겠다고 사람들이 몰려들다니 정말 안됐는걸."

"바보 같은 소리 그만해."

"그래, 알았어. 그러니까 빨리 여길 좀 벗어나자고."

"저 많은 사람들을 좀 봐, 다들 바쁜데도 오로지 저 남자의 노래를 듣겠다고 잠시 저렇게 발걸음을 멈춘 거야. 대단하지 않아? 너라면 저것보단 훨씬 더 많은 사람들을 불러 모을 수 있을 텐데!"

"제발, 형. 그런 이상한 소리 좀 집어치워."

"솔직히 말해봐. 너, 진심이 아니지?"

나는 한숨을 내쉬었다. 형에게 속마음을 들켜버린 것 같았다.

"그래, 그게 그렇게 대단하다고 치자. 하지만 우리랑은 아무 상관도 없잖아. 그리고 저 노래들은 사람을 헷갈리게 만들고 있어. 착각하게 만든다고."

"도대체 뭔 소린지 모르겠다."

"딴마음을 먹게 한단 말이야. 이를테면 꿈이나 희망 같은 것들을 떠올리게 한단 말이지. 난 그게 아주 나쁘다고 생각해. 자꾸 그런 쓸데없는 생각을 하게 되면 더 이상 살아나갈 수가 없잖아."

"이 멍청아, 그렇게까지 깊이 생각할 필요는 없어. 너는 왜 그 모양이냐?"

"맞아, 난 이 모양이야. 항상 생각을 하느라 정작 중요한 건 잊어버리지."

"난 너처럼 철학적으로 생각해보지는 않았지만, 어쨌든 저 남자의 노래는 정말로 대단해. 노래 하나로 사람들을 모이게 했잖아."

형은 감탄스러운 표정으로 계속해서 그 청년의 얼굴을 바라보았다. 모든 것에 무심하기만 했던 형에게 그런 감수성이 있다는 게 놀라웠다. 하긴, 모든 사람에게 있는 것이 왜 형에게만 없겠는가. 나는 오직 음악만이 사람들의 천성을 되살려내고 그들을 잠시나마 착하디착한 어린아이로 되돌려놓는다는 할아버지의 말을 떠올렸다. 맞다, 그 말은 하나도 틀리지 않았다. 하지만 그게 어떻다는 건가. 나에게는 하루를 살아내는 것만이 중요하다. 내일은 오늘과 같지 않았으면 하고 바라지만, 내일이 되면 또다시 똑같은 하루가 되풀이되는 것에 실망하면서도, 나는 살아나가야 한다. 그것만이 내가 할 일인 것이다. 그 밖에 다른 것들은 사치스러울 뿐이다.

"좀더 듣고 싶었는데."

형이 투덜거리며 내 옆을 따라 걸었다. 나는 못 들은 척하고 공중전화가 있는 곳을 찾아다녔다. 형은 뭔가 할 말이 있는 것 같았지만 입을 열지는 않았다. 나는 형도 빨리 그 노랫소리에서 깨어나야 한다고 생각했지만 그건 개인적인 일이므로 상관하지 않기로 했다.

"있잖아……"

마침내 형이 입을 열었다. 공중전화가 있는 곳을 찾아냈을 때였다.

"그때 일은 정말 미안하게 됐어……"

"뭘?"

나는 끝까지 모른 척하기로 했다.

"정말로 그럴 생각이 아니었는데…… 하지만 뭐, 에잇, 나도 모르겠다. 다 지난 일인데, 뭘……"

형이 거기서 말을 멈춘 게 다행이었다. 만일 형이 플루트가 어쩌고 했다면 나는 그 자리에서 형을 패줬을 것이다. 형은 그럴 자격이 없으니까. 그러니 내게 더 이상 아무 말도 하지 않기를……

목이 말랐기 때문에 공중전화기 옆의 편의점에서 콜라를 한 캔 샀다. 형과 나는 번갈아가며 콜라 한 캔을 다 마셨다. 막혔던 속이 시원해지고 머릿속이 다 환해지는 것 같았다. 형이 빈 깡통을 발로 밟아 찌그러뜨린 다음 옆에 있던 쓰레기통에 집어넣었다. 그러고 나서 형은 내게 동전을 달라고 했다. 나는 약간 비장한 심정으로 형에게 동전을 건넸다. 마치 그 몇 개의 동전이 우리 삶을 결정지을 중요한 열쇠라도 되는 것 처럼.

형은 호흡을 가다듬고 공중전화기의 버튼을 눌렀다. 벨이 몇 번 울린 것 같지 않은데도 공중전화기에서 동전이 떨어지는 소리가 났다.

"여보세요…… 아빠……?"

형이 나를 향해 고개를 끄덕였다. 마침내 연락이 닿은 것이다. 하마터면 눈물을 쏟을 뻔했다. 갑자기 서러운 마음이 들었던 것이다.

"네? 정말인가요?"

통화는 간단했다. 형은 얼굴이 하얘져서 전화를 받은 사람은 아빠가 아니라 다른 사람이라고 했다. 그러면서 하는 말이 이 전화번호는 진즉 다른 사람의 번호로 바뀌었다는 것이었다.

집으로 돌아가는 길은 순탄하지 않았다. 우리는 남은 돈으로 지하철 표 두 장을 샀다. 그런 뒤에 재빨리 이제 막 도착한 지하철 안으로 뛰어들었다. 하지만 얼마 못 가서 4호선에 잘못 탄 것을 깨달았다. 형이 지하철 안에 붙어 있는 안내 표지판을 보더니 세번째 정거장에서 내려 환승해야 한다고 말했다. 그 말을 듣고 힘이 쭉 빠졌다. 너무 오랫동안 길거리를 쏘다녔기 때문에 걸을 힘이 없었던 것이다.

다시 3호선에 올라탔을 때는 다행히 빈자리를 찾아서 앉을 수 있었다. 나는 죽을 만큼 힘이 들었기 때문에 형 어깨에 머리를 기대고 곧바로 잠이 들었다. 그러느라 우리는 또 두 정거장이나 지나쳐버렸다. 할 수 없이 지하철에서 내려 걷기로 했다. 집으로 가는 길은 그만큼이나 멀고 힘이 들었다.

작별

꿈속에서는 모든 게 꿈만 같다. 그래서 꿈을 꾸면서도 이건 꿈일 뿐이야, 하고 중얼거리게 된다. 지금은 없는 것들이 꿈속에선 너무도 멀쩡하게 있다. 이를테면 엄마, 할아버지, 그리고 꽁꽁 억눌러두었던 나의 단 한 가지 소망 같은 것들이……

대합실의 분수대 앞에서 노래 부르던 청년도 보았다. 그는 여전히 기타를 치며 노래하고 있었다. 지나가던 사람들이 그의 노래를 듣고 걸음을 멈추었다. 나중에는 엄청난 사람들이 모였는데, 모르는 사람끼리 서로 손을 잡고 몸을 조금씩 움직였다. 모두들 행복해 보였다.

노래를 마친 청년이 관중에게 누군가를 소개했다. 커다란 박수 소리에 묻혀 수줍게 모습을 나타낸 사람은 바로 나였다. 나는 까만 양복에 나비넥타이를 하고 발에는 훔친 구두를 신고 있었다. 청년이 자리를 비켜주었다. 사람들은 숨을 죽인 채 무언가를 기다렸다. 나는 가지고 온 커다란 모자를 사람들 앞에 내려놓았다. 그 모자는 아직 텅 비어 있었다.

「아를의 여인」 중 미뉴엣이 대합실에 울려 퍼지기 시작했다. 한 번도 연습해보지 않았던 곡인데도 꿈속의 나는 침착하게 플루트를 불었다. 한 음정도 틀리지 않고 호흡도 흐트러짐이 없었다. 소리는 힘차고도 밝았다. 어느 순간부터 주위가 어두워지고 어디선가 나타난 빛이 나만을 비추기 시작했다. 속으로 무척 떨고 있었는데도 플루트를 끝까지 불었다. 얇은 유리막처럼 생긴 내 영혼이 요동치는 게 느껴졌다.

아주 서서히, 나를 비추던 빛이 어디론가 사라져버리고 대합실 안에는 나 혼자만 남았다. 겁이 나서 주위를 둘러보았다. 그러자 어떤 노인이 커다란 트렁크를 끌고 내 앞을 지나갔다. 내가 계속 부르는데도 그는 뒤돌아보지 않고 개찰구 쪽으로 가버렸다. 어디선가 기차가 곧 떠난다는 방송이 들려왔고, 마음이 급해진 내가 그를 붙잡기 위해 달려가려고 했지만 두 발이 땅에 붙어 꼼짝도 하지 않았다. 나는 울먹이며 그를 애타게 불렀다.

"할아버지……!"

처음에 나는 그 사람이 내 아빠인줄도 몰랐다. 두 뺨이 움푹 패일 만큼 얼굴이 수척하고 턱수염이 새까만 한 남자가 우리 앞에 서 있는 거였다. 그때 우리는 막 잠에서 깨어나려 할 때였다. 형이 먼저 아빠를 알아보고 후다닥 몸을 일으켰다. 한동안 멍하니 누워 있던 나도 정신없이 일어났다.

아빠는 굳은 표정으로 우리와 할아버지 시신을 번갈아 바라보았다. 정말로 오랫동안 그러고 서 계셨다. 형과 나는 주섬주섬 이불을 개기 시작했다. 모처럼 비친 아침 햇살에 먼지가 하얗게 떠다녔다.

아빠가 갑자기 창가로 다가갔다. 그러곤 창을 활짝 열어젖히고 길거리를 내다봤다. 마치 거기에 자신이 찾고 있는 뭔가가 있다는 듯이. 그러고 나서 아빠는 다시금 우리를 바라보았다. 나는 한 번도 그런 얼굴을 본 적이 없었다. 피가 다 빠져나간 것처럼 새하얘진 얼굴과 흔들리지 않으려고 완강히 버티고 있는 듯한 커다란 검은 눈동자, 그리고 말할 듯 말 듯 벌어진 입술…… 아빠는 마치 대홍수 속에서 겨우 살아남은 사람처럼 얼이 빠져 있었다.

"너희들……"

아빠의 입에서 간신히 소리가 새어 나왔다. 우리는 무척이나 큰 잘못을 저지른 아이들처럼 아빠 얼굴을 똑바로 쳐다보지 못했다.

"그러니까 너흰……"

아빠는 다시 입을 다물어버렸다. 그러곤 자신의 커다란 손바닥으로 턱수염이 난 거친 얼굴을 북북 문질러댔다. 내 옆에 서 있던 형이 훌쩍거리기 시작했다. 나만 아무 감정이 없는 사람처럼 그냥 멍청하게 서 있었다.

"괜찮니……?"

그 목소리는 가슴속 깊은 곳에서부터 간신히 끌어올린 듯 몹시도

탁하고 거칠었다.

"너희들은…… 괜찮은 거야……?"

아무 말도 할 수 없었다. 대체 뭐라고 해야 한담. 아빠가 갑자기 우리 쪽으로 다가왔다. 형은 계속해서 훌쩍거리고만 있었다. 그리고 난…… 난 정말로 아무 느낌이 없었다. 나는 돌처럼 굳어서 딱딱해지고 있는 것만 같았다.

"세상에……"

아빠가 양팔을 뻗어 형과 내 어깨를 동시에 부여잡았다. 그러곤 정말로 우리가 괜찮은지 확인해보려고 어깨를 흔들어보았다. 처음엔 부드러웠지만 시간이 갈수록 아빠의 두 손에 힘이 들어가는 걸 느꼈다. 그러다 아빠는 제풀에 지쳐 바닥에 주저앉았다. 좁은 방 안에는 한동안 오, 이런…… 어떻게…… 이런 일이 어떻게…… 하는 탄식만 들려왔다.

"주무시다 돌아가신 것 같아요."

그것만이 위안거리라는 듯, 형이 아빠에게 말했다. 아빠는 천천히 고개를 들어 형을 바라보았다. 하지만 그 눈은 아무것도 보고 있지 않았다. 아빠는 다시 고개를 설레설레 저으며 천장을 바라보았다. 그러다 갑자기 무슨 생각이 났는지 오른쪽으로 고개를 돌렸다. 그 고개는 오른쪽 벽에서 왼쪽 벽으로 또 그 옆으로 서서히 옮겨갔다. 아빠는 새를 보고 있었다.

나는 지금도 그 시간들이 어떻게 지나갔는지 모르겠다. 아빠가 신고해서(나는 사람이 죽으면 경찰서에 신고해야 한다는 걸 그때 처음 알았다) 경찰이 왔고, 카메라를 든 사람도 두 명이나 왔다. 신문사에서 나왔다는 그들은 우리가 할아버지의 시신과 며칠이나 보냈는지 몹시 궁금해했다. 나는 그런 것들이 왜 그리 중요한지 몰랐지만 절차상 필요한 일인 것 같아 고분고분 협조했다. 하지만 절차라는 것은 얼마나 인정머리 없는 것인가!

아빠는 때때로 아줌마에게 전화를 걸어 몸이 괜찮은지 물었다. 그걸 보고 나는 아빠가 좀 안쓰럽게 생각됐다. 아빠는 슬퍼할 겨를조차 없어 보였으니까.

그중 한 남자는 아빠에게 우리가 시신을 유기할 만한 특별한 동기나 이유가 있는지도 물었다. 나는 유기가 누구네 자식인지 모르지만, 아빠는 그 남자를 사람 취급도 안 했다. 그랬더니 그는 한결 부드러워진 말투로 심리 치료를 권하면서 우리가 앞으로 정상적인 사회생활을 하는 데 꼭 필요한 것이라고 덧붙이기도 했다.

우리는 경찰서에 가서 몇 가지 질문에 답을 하기도 했다(이 역시 절차상 필요한 일이라고 했다). 부검이니 원인 불명이니 하는 말들이 나왔지만 모든 정황상 자연사한 것으로 판명되어 더 이상의 귀찮은 일은 생겨나지 않았다. 우리와 한 건물에 살고 있던 사람들 중에 낮에도 일을 하러 가지 않는 사람들 서너 명이 구경 온 것을 제외하면 일은 비교적 조용하게 처리되었다. 사람들은 지금이 한겨울이고 방에 난방이 되지 않은 탓에 시신이 부패되지 않았다는 말들을 했다. 우리를 눈앞에 두고도 마치 우리가 그 자리에 없는 것처럼 그런 말들을 잘도 지껄였다. 뒤늦게 소문을 듣고 올라온 어떤 아주머니는 이번 일이 「세상에 이런 일이」에나 나올 법한 일이라며 혀를 찼다. 옆에 서 있던 어떤 총각은 예전에 그 프로그램에서 백골이 된 아내의 시신과 함께 산 남자 이야기가 나왔었다면서, 이런 일은 요즘 세상에 드문 일도 아니라고 핀잔을 주었다.

나는 아빠가 아줌마의 치료비로 이미 너무 많은 돈을 써버렸기 때문에 형편이 몹시 어렵게 되었다는 걸 알게 되었다. 그래서인지 아빠는 장례를 치르는 동안 여기저기 아는 사람들에게 몇 번이고 전화를 걸어 아쉬운 소리를 했다. 다행히 마음씨 착한 누군가가 아빠에게 돈을 빌려준 것 같았다. 나는 사람이 죽어서까지도 돈이 필요하다는 걸 처음 알았다. 그건 정말이지 끔찍한 일인 것 같다. 그래서 나는 천국만큼은 가난한 사람들을 위한 곳이었으면 좋겠다고 생각했다.

근처에 저렴한 납골당이 없는 탓에 할아버지 유해는 지방에 모셔졌다. 거긴 관리비가 덜 드는 대신 한 번 찾아가기가 정말로 어렵게 생겨 먹은 그런 산비탈에 있었다. 하지만 나는 상관하지 않았다. 할아버지는 이미 내 마음속에 온전히 살아 계시니까.

장례를 치르고 집으로 돌아온 뒤에 아빠는 또다시 새 그림 앞에서 계셨다. 연필로 그려진 그 새 그림들은 조금 희미해진 것 같기도 했다.

"그런데…… 대체 이 그림들은 다 뭐니……?"

"이건 십자매예요."

내가 나서서 말했다. 새에 관해서라면 형보다는 내가 더 잘 알고 있을 테니까.

"십자매라고?"

"모든 새들의 어미 새요. 다른 새들이 버린 알을 품어서 보살펴 주거든요. 할아버진 이 새 때문에 독일에서 목숨을 구하신 적이 있대요. 이 새는 예언자거든요."

나는 자랑스레 말했다. 뭔지 모르게 알 수 없는 뿌듯함이 가슴속에 차올랐다.

"넌 나보다 할아버지에 대해 더 많이 알고 있는 것 같구나."

아빠가 조용히 내 머리를 쓰다듬어주셨다.

"나는 할아버지와는 별로 말을 해본 적이 없단다. 사실은 묻고 싶은 말이 너무도 많았는데…… 이상하게도 하지 못했지."

아빠는 고개를 꼿꼿이 들고 다시금 새 그림을 천천히 바라보았다. 그 새들은 이제 어디론가 떠날 준비를 하려는 것처럼 서서히 날개를 움직이는 것 같았다.

"너희들은…… 나와 함께 가자. 지금 당장 해줄 수 있는 건 많지 않지만 그래도 일이 이렇게 된 이상 나와 함께 사는 게 좋지 않겠니?"

나는 형을 쳐다봤다. 형은 입을 떡 벌린 채 아빠를 쳐다봤다.

"왜, 뭐가 잘못됐니?"

"아니요, 아빠. 잘못된 건 없어요. 우린 이제 다 컸으니까요."

형이 두 주먹을 불끈 쥐고 있는 게 보였다. 아빠가 커다란 눈으로 우리를 걱정스레 바라보았다.

"그러니까 제 말은, 우리끼리 살 수 있다고요. 거기 가서 눈칫밥 먹는 것보단 나을 거예요. 보세요, 아빠. 지금도 이렇게 잘 살고 있잖아요? 전 아마 거기 가면 숨이 막혀 죽을 지도 몰라요. 병든 사람 옆에서 대체 뭘 할 수 있단 말이에요?"

"이건 잘 생각해보아야 한다. 너희들을 지금처럼 내버려둔다면 이 아빠가 뭐가 되겠니?"

"그런 건 신경 쓰지 마세요, 다른 사람들이 하는 얘기는 모두 다 거짓말이니까. 그 사람들은 아무것도 모르면서 멋대로 지껄이거든요. 그니깐 제발 이대로 살게 해주세요, 네?"

"나랑 함께 살기가 그렇게 싫으냐?"

아빠는 섭섭한 표정을 감추지 않았다. 형도 물러설 기색이 아니었다. 나는 어찌돼든 상관이 없었기 때문에 가만히 앉아만 있었다.

"그런 게 아니에요. 그냥 여기서, 계속 살고 싶은 거라구요. 은호랑 저는 벌써부터 그렇게 약속했어요."

"지금 당장이 아니어도 좋다. 그러니까 내 말은 시간을 두고 좀 더 천천히 생각해봐야 한다는 뜻이야…… 너희들도 크면 언젠가 아빠가 될 거다. 그때가 되면 날 이해할 수 있을지도 모르지. 그렇지만 너희들은 끝까지 아이들을 책임지는 그런 아빠가 되렴."

"무슨 말씀인지 알아요, 아빠."

형이 이겼다. 아빠는 도저히 속을 알 수 없는 표정을 짓고 있었다.

"우린 걱정 마세요, 저도 이젠 다 컸고…… 은호는 내가 책임질 수 있어요."

할아버지는 사랑하는 사람들끼리는 서로 손을 꼭 잡고 놓치지 말아야 한다고 하셨다. 우리처럼 가난한 사람들은 오직 곁에 있는 사람만이 유일한 희망이라고. 그러니 서로를 꼭 붙들고 의지하며 살라고 말이다. 이제 나는 할아버지가 했던 말들이 옳다는 것을 안다.

아빠는 우리에게 새로 바뀐 전화번호를 적어주면서 무슨 일이 있으면 반드시 전화를 해야 한다고 재차 다짐을 받았다. 형과 나는 물끄러미 종이에 적힌 전화번호를 바라보았다. 할아버지가 잊어버리고 만 그것을 말이다.

글뤽 아우프!

솔직히 말해 내 생각에는, 어느 순간에 이르면 어른이나 아이를 구분하는 것이 아무런 의미가 없는 것 같다. 나는 예전에 비하면 어른이지만, 먼 미래에 비하면 아직 어린아이이다. 하지만 그런 게 다 무슨 소용이 있는가. 어른이 더 이상 어른 같지 않고, 어린아이가 더 이상 어린아이 같지 않은 현실에서는 모두가 다 똑같은 법이다. 형이 들으면 또 뭔 말이냐고 할지 모르지만 하여튼 내 생각에는 그렇다. 내가 생각하는 것을 이보다 더 잘 설명할 수는 없다. 그건 내 능력 밖의 일이고, 또 뭔가를 더 설명하려고 한다는 것도 구역질나는 일이기 때문이다.

눈을 떴을 때는 날이 훤히 밝아 있었다. 약간 추웠고 몸에는 열도 있는 것 같았다. 하지만 못 견딜 정도는 아니었다. 나는 건강만큼은 자신이 있기 때문에 그런 것은 신경 쓰지 않는다. 엄마가 있는 아이들만이 조금만 열이 올라도 자발스럽게 병원을 들락거리는 것이다.

이불을 걷고 일어난 뒤에 주위를 살폈다. 형은 벌써 나갔는지 보이지 않았다. 혹시나 하고 주위를 두리번거렸지만 방 안에는 나 혼자였다.

"얘야……"

나는 놀라서 주위를 두리번거렸다. 방 안에는 아무도 없고 날지도 못하는 새들만이 벽에 붙들려 있었다.

"얘야, 넌 지금 몇 살이지?"

나는 벽 앞에 무릎을 꿇고 앉았다. 왜 그랬는지는 나도 모른다. 그냥 뭔가에 홀린 것만 같았으니까.

"이 새는 착한 새란다…… 나를 구해주었지."

그 순간 나는 새와 함께 있는 걸 느꼈다. 그 새는 모든 새들의 어미 새였다. 나는 뚫어져라 벽을 쳐다봤다. 그러자 신기하게도 그 속에서 뭔가가 꿈틀거리는 것이 보였다. 할아버지의 서툰 글씨로 쓰인 그건 무슨 암호 같기도 하고 구호 같기도 했다. 할아버지는 새의 날개 속에 자신만의 비밀스런 암호를 남겨두었던 것이다.

급한 마음에 주머니를 뒤져 포스터를 꺼냈다. 그동안 수없이 접었다 펴는 바람에 접힌 부분이 너덜너덜해져 있었다. 나는 거기에 '글뤽 아우프!'라고 적었다. 그건 잊어버릴 염려가 없었으니까. 그러고 나서 다시금 포스터에 적힌 일정을 확인했다. 뭘 어쩌자는 건 아니었지만 그냥 확인해보고 싶었다. 그걸 들여다보고 있는 순간에는 내게도 뭔가 할 일이 있을 것만 같았으니까. 하지만 정말로 뭘 어쩌자는 건 아니다. 뭘 어쩔 수 있는 것도 아니고…… 가난한 아이들은 일찌감치 체념하는 법을 배워야 한다. 아니면 자신도 모르는 사이에 죄를 짓기 십상이니까.

포스터를 다시 주머니에 집어넣고 옷을 갈아입었다. 훔친 구두가 든 가방도 챙겼다. 그건 돌려주기로 마음을 먹었다. 나도 할아버지처럼 진짜 용기가 뭔지 알게 될 날이 올까?

다행히도 연주회가 시작되기 전에 도착할 수 있었다. 작은 소강당 안은 사람들로 이미 꽉 차 있었다. 나는 강당의 맨 뒤쪽에 자리를 잡고 앉았다. 하지만 앞사람의 머리통이 어찌나 큰지 무대가 잘 보이지도 않았다. 좀 짜증이 났지만 그냥 참았다. 공연이 시작될 예정인지 강당 안의 불이 꺼지고 무대 위에 조명이 켜졌다. 뒤늦게 도착한 사람들이 어둠 속에서 좌석을 찾느라고 야단이었다.

"가만히 좀 앉아 있어라. 그렇게 엉덩이를 들썩거리면 안 돼."

내 옆의 빈자리에도 어떤 여자가 와서 앉았는데 그 여자는 옆에 앉은 아이에게 숨죽인 목소리로 잔소리를 해대고 있었다.

"돌아다니면 안 된다니까. 이리 와서 앉아, 얼른!"

그 목소리에는 피곤이 짙게 배어 있었고 언제라도 폭발할 조짐이 엿보였다. 그런데도 참을성 있게 아이를 자기 옆에 앉히려고 애쓰고 있었다. 나는 그렇게나 말을 안 듣는 아이가 누군지 보려고 상체를 앞으로 쭉 내밀었다. 하지만 곧 실내 조명이 모두 꺼졌기 때문에 아무것도 보이지 않게 되었다. 나는 다시 의자에 엉덩이를 바짝 붙이고는 무대를 지켜보았다. 그러자 곧바로 여기저기서 박수 소리가 터져 나왔다. 드디어 흰 턱시도에 구두를 신은 주인공이 모습을 드러냈다. 그걸 보고 나는 침을 꼴깍 삼켰다.

나는 아마도 죽을 때까지 그 순간을 잊지 못할 것 같다. 키 큰 연주자가 피아노 소리에 맞춰 플루트를 불기 시작했다. 사탕처럼 달콤한 선율이 좁은 공간을 가득 메웠다. 나는 좀더 잘 들으려고 눈을 감았다. 마치 나 혼자 숲 속에 와 있는 듯한 기분이 들었다. 아니, 정말로 나는 숲에 와 있었다. 온갖 것들이 살아 있는 울창한 숲 속에.

날씨는 맑고 화창했다. 새들은 노래했고, 따스한 햇살이 내 머리를 쓰다듬어 주었다. 나뭇가지 사이로 불어오는 바람조차도 새들의 노랫소리를 들으려고 걸음을 멈춘 것 같았다. 나는 아무런 걱정 없이 숲을 헤매고 다녔다. 어딜 가든 시원한 그늘이 있고, 작은 새들이 날아다녔다.

그러다 어느 순간, 갑자기 구름이 몰려와 모든 것을 바꾸기 시작했다. 해는 구름 뒤로 숨어버렸고, 성난 바람이 나뭇잎을 떨어뜨렸다. 곧이어 엄청난 폭풍우가 숲을 뒤흔들었다. 나는 어찌나 무섭던지 커다란 나무 아래 숨어버렸다. 그때 어떤 알 수 없는 감정이 내 안에서 시작되었다. 그동안 내 가슴속에 꽁꽁 숨겨두었던 동물들이 한꺼번에 말을 하려는 것 같았다. 작은 새, 사자, 플라밍고, 기린이 마구 뛰어다녔다. 나는 가슴속 동물들을 타이르려고 아주 큰 소리로 노래하기 시작했다.

바로 그때, 거짓말처럼 구름이 걷히고 숲을 뒤흔들던 바람도 잦

아들었다. 하늘은 이전보다 더 청명했고 새들은 아무 일도 없었다는 듯 태연히 노래하기 시작했다. 내 가슴속 동물들은 한꺼번에 잠이 든 것 같았다. 그제야 나는 숲이 얼마나 아름다운지를 알 수 있었다. 비바람이 많은 것을 쓸어가버렸지만 모두 사라진 건 아니었다. 숲은 여전히 거기에 있고, 해가 다시 떠올랐으니까. 그 순간 나는 별다른 이유 없이도 행복감을 맛보았다. 너무도 행복한 나머지 죽고만 싶었다. 이렇게 행복한 미소를 띤 채 죽을 수만 있다면 얼마나 좋을까?

나는 음악과는 담을 쌓으려고 했던 지난날의 내 생각이 얼마나 가당치 않은지 깨달았다. 그때는 너무 춥고 또 구걸을 하고 난 직후라 머리가 어떻게 되었던 모양이다. 나는 음악이야말로 천사가 우리에게 준 선물이 아닐까 생각했다. 그것은 사람들에게 행복이 바로 여기에 있다고 속삭이는 소리다. 그래서 사람들은 음악 소리를 듣고 그렇게나 행복에 겨워하는 것이다. 어떤 음악은 너무도 슬픈 나머지 절망에 빠진 사람을 울게 만든다. 하지만 바로 그런 이유로, 슬픔도 행복의 한 부분임을 알게 되는 것이다. 그 순간 내가 느낀 감정들에 대해 더 이상 어떻게 설명해야 할지 모르겠다.

연주회가 모두 끝났을 때, 나는 소리 없이 울고 있었다. 아무런 이유 없이 눈물이 내 두 뺨을 타고 하염없이 흘러내렸다. 하지만 운 것은 아니었다. 단지 머리에 열이 올라 저절로 비어져 나온 눈물일 것이다.

사람들이 하나둘 강당을 빠져나가고 난 뒤에도 눈물이 멈추지 않았다. 나는 자리에서 꼼짝할 수가 없었다. 온몸이 펄펄 끓어오르는 것 같았다. 몸이 너무 뜨거운 나머지 한기가 들기 시작했다. 나는 턱을 덜덜 떨면서 사람들이 마지막으로 강당을 빠져나가는 것을 지켜보았다.

완전히 정신을 잃기 전에 할 일을 마쳐야겠다고 생각했다. 그래서 으슬으슬 떨리는 몸을 이끌고 겨우 강당에서 빠져나왔다. 그러고는 정신없이 계단을 뛰어 내려가서 임시 대기실이라고 써 붙여진 사무실 문을 두드렸다. 안에서는 아무런 대답이 없었다. 나는 다시금 문을 쿵쿵 두드렸다. 그러자 놀란 사서 아줌마가 열람실에 앉아 있다가 뛰쳐나왔다. 나는 그때까지도 내가 눈물을 흘리고 있는 줄은 몰랐다.

"얘야, 왜 우는 거니? 대체 무슨 일이 있었던 거야?"

나는 아무 말도 할 수 없었다. 너무 많은 말들이 한꺼번에 쏟아져 나오려고 했기 때문이다.

"응? 나한테 말해봐라. 그래, 저기로 가서……"

"아니요, 아줌마. 아무 일도 없었어요. 전 그저 그분을 만나 뵙고 싶을 뿐이에요."

"널 좀 봐라, 안색이 얼마나 창백한지…… 아무래도 병원에 가 보는 게 좋겠어!"

"그분을 만나 뵙지 못하면 전 정말 죽을지도 몰라요. 제발 만나게 해주세요, 네?"

"넌 지금 제정신이 아닌 것 같아. 그분을 만나고 싶다고? 이런……

어찌해야 될지 모르겠네…… 그분은 지금 관장님과 얘기 중이실 거다. 그러곤 곧바로 떠나실 텐데…… 아이고, 어쩌면 좋아. 얘야, 잠깐만 여기서 기다려봐라. 내가 들어가볼 테니까."

그녀는 허둥지둥 사무실 안으로 들어갔다. 그걸 보고 나는 문 앞에 주저앉았다. 더 이상 울 힘도 없었다. 그녀가 안으로 들어간 지 꽤 오래된 것 같은데도 문이 열리지 않았다. 나는 차분히 기다리기로 마음먹었다. 그다음에 어떻게 되었는지는 잘 모르겠다. 그녀가 날 부축해서 안으로 들어갔는지, 아니면 내 발로 걸어 들어갔는지도 기억나지 않는다. 그런 건 중요한 게 아니다. 분명한 것은 우리가 만났다는 사실이니까.

"혹시 우리 할아버지를 기억하세요? 성함이 김, 정 자 복 자예요."

그는 벌써 편한 옷으로 갈아입고 난 뒤였다. 그의 웃옷 가슴팍에는 곰돌이 푸가 그려져 있었다. 그가 시간이 별로 없다고 했기 때문에 나는 머뭇거리지 않았다. 그는 듬성듬성 회색빛이 나는 흰 머리카락을 쓸어 올리며 생뚱맞은 얼굴로 나를 쳐다봤다. 그리고 이렇게 말했다.

"그런 이름은 들어본 적이 없는 것 같다. 나를 아는 사람이라든?"

"다시 한 번 생각해보세요. 돈 드는 일도 아니잖아요."

그는 앉은 자리에서 한 발을 다른 쪽 발 위에 포개었다. 그러고는 다시금 머리카락을 쓸어 올리며 흥미롭다는 듯 나를 쳐다봤다.

"글쎄, 기억이 안 나는데…… 아니, 잘 모르겠어. 그런 이름은 처음 들어본다."

"저를 봐서 한 번만 더 생각해보세요."

"얘야, 난 지금 몹시 피곤하다. 그만 가서 쉬어야만 해."

"제 말을 좀더 들어보세요. 이건 분명 무슨 암호 같아요. 선생님은 아실 거예요."

그렇게 말하고 난 뒤 포스터에 적힌 그 문구를 보여주었다. 하지만 그는 못 본 것 같았다. 아니면 못 본 척하고 있거나. 할 수 없이 나는 목에 힘을 주고 말했다.

"글뤽 아우프!"

"뭐라고?"

그때까지도 별다른 관심을 보이지 않던 그가 보이지 않는 한쪽 눈을 깜빡거리며 물었다. 눈동자가 보이지 않는 그 눈은 뿌연 회색 막 같은 것으로 덮여 있었다. 그걸 보고 나는 다시 한 번 힘을 줘서 글뤽 아우프,라고 외쳤다.

"꼬마야, 어디서 그런 말을 들었니?"

"우리 할아버지께서 남기신 말이에요."

그는 뭔가 생각에 잠긴 듯 한참 동안 눈을 감고 있었다. 하지만 실명한 한쪽 눈은 계속해서 파르르 떨리고 있었다.

"그건 광부들의 언어지. 죽지 말고 살아서 지상에 돌아오라는 뜻이란다……"

"아헨 지역을 아세요?"

"알다마다. 난 거기서 일한 적이 있어. 정말로 고생이 말도 못했지. 그런데 넌 그곳을 어찌 아니?"

"우리 할아버지도 거기서 일하셨대요."

"아니, 뭐라고? 너희 할아버지 성함이 어떻게 된다고?"

그는 내게 상체를 바짝 기울이곤 탐문하듯 물었다. 나는 기다렸다는 듯 할아버지의 이름 석 자를 되풀이했다.

"나는 너무 늙었어. 어제 일도 잘 기억을 못하거든. 다시 생각해 보니 그 위대한 이름은 들어본 적이 있는 것 같구나."

"우리 할아버진 위대한 광부셨어요…… 진짜 용기가 뭔지 아는 사나이 중의 사나이셨죠."

"그땐 모두가 그랬단다. 모두가 다 위대했지. 이 눈을 보거라, 이 한쪽 눈이 바로 그 증거야."

나는 그 회색 눈을 쳐다보았다. 세월의 장막에 가려지고 만 그 탁한 눈을.

"폭발 사고였어. 그 당시엔 아주 흔한 사고였지. 그 사고 이후 나는 광산을 떠났지만 나와 함께 독일에 갔던 사람들은 좀더 오랫동안 남아 있었단다."

"말해주세요, 우리 할아버지를 기억하시는지. 모든 사람들이 지켜보는 가운데 두 분이서 함께 플루트를 부신 적이 있는지 말예요."

"너희 할아버지가 그러시든?"

나는 힘차게 고개를 끄덕거렸다. 그걸 보고 그는 조용히 미소 지었다.

"글쎄다, 내가 뮌헨 음대에 입학했을 때 광부들이 축하 파티를 열어주긴 했지. 하지만 거기서 누군가와 협연을 해본 적은 없어. 아니, 있었는지도 모르지. 어쨌든 기억이 안 나."

나는 실망했다. 그래서 낮게 한숨을 내쉬었다. 그는 주머니에서 안약을 꺼내 멀쩡한 한쪽 눈에 몇 방울 떨어뜨리곤 다시 약병을 집어넣었다. 그러고 나서 다시금 내 얼굴을 바라보았다.

"하지만 너희 할아버지가 그러셨다고 하면 틀림없이 그랬을 게다."

"우리 할아버진 거짓말하지 않아요."

"사나이는 항상 옳은 말을 하니까."

"예전에 이곳에 연주하러 오셨을 때 할아버지가 그러셨어요. 이렇게 유명해지실 줄 알았다고. 옛날에도 연습 벌레였으니까. 선생님이 아주 잘 풀린 것 같아 좋다고 하셨어요."

"그렇게 말씀하셨다니 기쁘구나. 지금도 건강하시니?"

"할아버진…… 돌아가셨어요."

"저런, 안됐구나…… 정말로 가슴이 아프겠네."

더 이상 할 말이 없었다. 그 선생님은 우리 할아버지를 썩 잘 아는 것 같지 않았으니까. 나는 맥이 풀려 가만히 앉아 있었다. 열도 조금은 내린 것 같았다. 그는 오랫동안 내 얼굴을 가만히 쳐다보았다. 마치 풀리지 않는 숙제를 들여다보듯 어리둥절한 표정으로.

"너 좀 아픈 것 같구나."

"아니요, 아프지 않아요. 그저 열이 조금 오른 것뿐이에요."

나는 신발을 신은 두 발을 의자에 올렸다. 그러고는 두 팔로 무릎을 감쌌다.

"너에게 무슨 말인가를 해주고 싶다만, 대체 무슨 말을 해야 할지……"

"아무 말씀 안 하셔도 돼요, 전 불쌍한 애가 아니니까…… 저를 위로하고 싶으신 거죠?"

"음, 그런 것 같구나."

"그럼 제 부탁 하나만 들어주세요."

그는 약간 주저하면서도 고개를 끄덕여주었다. 나는 용기를 내서 말했다.

"그 플루트를 한 번만 빌려주세요. 딱 한 번만 불어보고 싶어서요. 조심해서 다룰게요. 그건 아주 비싼 거죠? 우리 할아버지가 그랬거든요. 선생님처럼 훌륭한 연주자들은 비싼 악기를 가지고 있다고요. 거절하셔도 괜찮아요. 뭐, 그런 건 이제 익숙해졌으니까. 그치만…… 아무래도 그러시지 않는 게 좋겠어요. 실은 오늘이 제 생일이거든요. 놀라지 마세요, 저도 방금 알았으니까."

나는 내가 한 말에 스스로 도취되어 두 눈을 반짝거렸다. 그런 말을 어떻게 할 수 있었는지 모르지만, 나는 확실히 제정신이 아닌 것 같았다. 열 오른 두 뺨은 화끈거리고 심장이 벌렁거렸다. 이마에는 식은땀이 맺혔다. 몸이 왜 그러는지 알 수 없었다. 어쩌면 단순한 감기인지도 몰랐다. 아니면 폐렴 같은 것인지도. 그보다 더 심각한 병에 걸렸다고 해도 상관없었다. 병에 대해 생각하는 건 구역질 나는 일이니까. 나는 오로지 플루트를 한 번이라도 불고 싶었다.

"네 말대로 아주 비싼 거란다."

그는 한참을 머뭇거린 끝에 나에게 자신의 악기를 건네주었다.

나와 눈이 마주치자 그가 어깨를 으쓱거렸다. 나는 조심스레 은빛 나는 그 물건을 손에 들고 한동안 멍하니 있었다. 차갑고도 따뜻한 느낌이 손바닥을 통해 온몸으로 전해졌다. 막상 플루트를 들고 보니 무엇을 연주해야 할지 알 수 없었다. 마음속으로 수없이 연습했던 곡들이 마구 뒤엉켜 머릿속이 복잡했다. 나는 멍한 시선으로 그를 한 번 쳐다봤다. 그는 또다시 어깨를 으쓱거렸다. 시간이 없으니 어서 시작하라는 뜻 같았다. 그의 시선이 내 두 손과 입술에 머물러 있었다. 그걸 보자 겁이 났다. 소리가 제대로 날지도 확신할 수 없었다. 어쩌면 삑삑거리기만 하다 연주를 중단할 수도 있었다. 하지만 나는 플루트를 입술에 갖다 댔다. 호흡을 가다듬은 뒤 스켈링으로 천천히 소리를 가다듬었다. 그런 다음에야 머릿속으로 「위모레스크」의 악보를 떠올릴 수 있었다.

처음엔 소리가 곱지 않았다. 하지만 시간이 갈수록 호흡도 길어지고 박자도 안정을 되찾아갔다. 그다음부터는 뭐가 어떻게 된 건지 잘 모르겠다. 시간이 너무 빨리 흐른 것 같기도 하고, 완전히 정지해버린 것 같기도 했다. 그 좁은 공간에 오로지 나 혼자뿐인 것 같았다. 그토록 나 자신에 대해, 내가 살아서 움직이고 있다는 사실에 대해 분명하게 알 수 있었던 적은 없었던 것 같다.

연주를 무사히 마치고 나서 그의 얼굴을 살폈다. 그는 인상을 잔뜩 찌푸린 채 곰곰이 생각에 잠겨 있었다. 생각보다 훨씬 더 나쁜 것 같았다. 그를 실망시켰다는 죄스러움에 먼저 입을 열었다.

"알아요, 형편없는 연주였다는 거. 연습을 못했으니……"

"잠깐, 조용히 좀 해봐라, 꼬마야. 생각 좀 해보자꾸나."

그는 신경질적으로 말했다. 약간 화가 난 것 같기도 했다. 나는 몸 둘 바를 몰라 가만히 있었다. 그는 내게서 빼앗듯이 플루트를 가져간 다음 옆에 있는 책상 위에 올려놓았다. 그리고는 다시 팔짱을 끼고 내 얼굴을 뚫어져라 쳐다봤다.

"네 말대로 아주 끔찍한 연주였다. 내 평생 이런 건 들어본 적도 없어. 솔직히 난 또 네가 무슨 천재쯤 되는 줄 알았지. 그래서 내 소중한 악기를 빌려준 거야. 얼마나 잘 부는지 보려고 말이다. 하지만 네 연주는…… 음, 적당히 표현할 말이 없네…… 좀더 생각해봐야겠어."

그러고 나서 그는 또 한동안 생각에 잠기는 것이었다. 나는 어찌나 창피한지 도망치고만 싶었다. 하지만 도망칠 곳도 없었다. 그가 다시 입을 열었다.

"너의 연주는 훌륭하진 않았어. 처음부터 잘못 배운 탓이지. 플루트를 그렇게 높이 들어서도 안 되고 위아래로 몸을 흔들 필요도 없어. 그런 기교는 대체 어디서 배웠담!"

그는 몹시 심기가 불편한 얼굴로 왼쪽과 오른쪽 다리를 번갈아가며 포개었다. 자신의 머리카락을 거칠게 쓸어 넘기기도 했다. 그가 하도 과민반응을 보여서 나는 내가 연주를 못한 것 외에 무엇을 잘못했는지 생각해내야만 했다.

"그건 그렇고, 넌 「위모레스크」를 다 외웠니?"

나는 주눅이 잔뜩 들어서 겨우 그렇다고 대답했다. 그는 또다시 손을 높이 쳐들어 올리며 아이고, 머리야, 하고 작게 외쳤다. 아무래도 그는 할아버지처럼 신경이 과민한 사람인 것 같았다.

"잘 들어라, 꼬마야…… 네 연주는 뛰어나지 않았어, 절대로 말이다. 그런데 이상하지. 한 번 들으면 잊히지 않을 만큼 아주 독특해. 다른 사람은 흉내 낼 수 없는 뭔가가 있다는 뜻이지. 난 지금은 그게 뭔지도 모르겠다. 다만 놀랍고 당황스러워. 아직 나이도 어린 네가 그런 표현을 할 수 있다는 게 신기할 뿐이지…… 연습을 못했다고? 그럼 지금부터 연습을 시작하렴."

그는 또다시 내 얼굴을 쳐다봤다. 그가 하도 뚫어져라 쳐다봐서 나도 내 얼굴이 어떻게 생겼는지 궁금할 지경이었다.

"자, 이제 돌아가라. 나도 가서 쉬어야겠어. 하지만 명심해라. 지금부턴 연습을 하는 거야. 너의 그 예민한 감수성에 물을 줘야 하지 않겠니? 그걸 마르게 해선 안 된다, 꼬마야. 그렇고말고. 너는 적어도 감정에 대해서 잘 알고 있으니까. 자, 이제 그만 가보렴. 이제 난 집에 돌아가 연습을 좀더 해야겠다."

그는 꽤나 유머 감각이 있는 남자였다. 하지만 나는 웃지 않았다. 대신 한 팔로 그의 바짓가랑이를 붙잡고 나서는 눈을 감아버렸다. 몸이 갑자기 허공에 붕 뜬 것 같았고 뒤이어 그가 급히 사람을 부르는 소리가 들려왔다.

뜻밖의 선물

인생에 있어 뭐가 옳고 그른지 잘 모르겠다. 아니, 그런 건 애초에 없는지도 모른다. 인생이란, 맞고 틀린 것을 따지는 문제집이 아니라 단지 수없이 많은 질문들을 껴안은 채 앞으로 나아가야 하는 긴 여정인지도 모른다. 그래서 우리는 뭔가를 다 알았다고 생각하면서 죽어가지만, 결국은 아무것도 알지 못한 채로 죽어가는 것이다. 그러니 애써 문제를 해결하려고 하는 것은 시간 낭비가 아닐까?

누워서 지낸 며칠 동안 나는 나 자신에 대해 골똘히 생각했다. 다른 누구도 아닌 나에 대해서만 말이다.

떠난 사람들은 많았다. 엄마도 떠났고 할아버지도 떠났다. 아빠도 떠났고, 결국엔 형도 내 곁을 떠날 것이다. 언제나 어느 때나 나를 떠나지 않는 것은 결국 나 자신뿐이 아닌가. 그걸 깨닫고 나자 나는 갑자기 나이가 들게 되었다.

나는 내 심장이 여전히 뛰고 있는지 가슴에 손을 대보았다. 다행히 도서관에서 기절한 것까지는 기억해냈다. 누군가 급한 목소리로 119를 불렀고, 누군가는 흐느끼기도 했던 것 같다. 하지만 그게 누구인지는 알 수 없었다. 아마도 사서 아줌마였을 것이다. 거기서 나를 위해 울어줄 사람은 그녀뿐이니까. 그녀는 자기 자신이 아닌 다른 사람을 위해서도 눈물을 흘리는 그런 사람이다.

나는 겨우 일어났다. 그러곤 고개를 돌려 소리가 나는 곳을 쳐다봤다. 형이 가스레인지 앞에 서서 뭔가를 끓이고 있었다. 작은 목소리로 형을 불렀다. 형이 손에 주걱을 든 채 뒤를 돌아다봤다. 나는 형을 보고 깜짝 놀랐다. 한쪽 눈이 부어올라 있고 이마에는 커다란 반창고가 붙어 있었기 때문이다.

"무슨 일 있었어?"

형은 가스레인지의 불을 조금 줄이고 나서 별일 아니라는 듯 씩, 웃었다.

"그냥 조금 다친 것뿐야. 며칠 지나면 낫겠지, 뭐."

그러고는 밥상을 차리기 시작했다. 나는 형이 끓여준 흰죽을 다 먹었다. 그동안 형은 밖에 나가 담배를 피우고 돌아왔다. 형은 이제 제법 어른 티가 났다. 모든 소년들은 언젠가는 어른이 되는 법이다. 그건 자연의 이치니까.

내가 그릇에 담긴 흰죽을 떠먹는 동안 형이 호주머니를 뒤져 내게 붉은색 명함을 내밀었다. 거기에는 이렇게 적혀 있었다.

사천성 중국요리

신속 배달, 전화 948-8253

"내가 일하는 곳이야. 무슨 일 있으면 그리로 연락하면 돼."

형이 상을 치웠다. 형이 준 메모지를 주머니 속에 집어넣고 가만히 앉아 있었다.

"이제 정말로 우리끼리 사는 거야. 돈은 내가 벌 테니까 넌 공부 열심히 해야 해."

설거지를 하면서 형이 그렇게 말했다. 나는 우리가 너무 빨리 어른이 되어버린 게 이상했지만, 그렇다고 다시 어린아이로 되돌아갈 수는 없다는 것도 알고 있었다.

"난 네가 정말로 죽는 줄 알았다. 새벽까지 막 헛소리를 하고 말이야. 도서관 사서 아줌마가 어제 늦게까지 계시다 돌아가셨어. 그 분이 햄이랑 라면이랑 참치 통조림을 사다 놨으니까 나중에 배고프면 찾아 먹어."

설거지를 마치고 돌아온 형이 그렇게 말했다. 나는 힘없이 고개를 끄덕거렸다. 그러고 나서 형에게 미소 지었다. 내가 곧 죽을지도 모르는 상황에서 누군가를 향해 미소 짓는다는 건 결코 쉬운 일은 아니었다.

"있잖아…… 나도 이젠 다 컸고…… 그러니까 숨기지 말았으면 해……"

나는 최대한 태연스럽게 말을 꺼냈다. 무슨 말을 들어도 놀라지 않을 자신이 있다는 걸 보여주려고 말이다. 하지만 형은 생뚱맞은 표정으로 나를 쳐다봤다.

"그건 또 뭔 말이냐?"

"그니까 말이지…… 내가 암이나 백혈병에 걸렸다면, 내게도 정리할 시간이 필요할 것 같아서 말이야……"

내 말이 끝나기도 전에 형이 푸하하, 하고 웃음을 터뜨렸다. 웃으면서 형은 내게 미친놈이라고 했다. 나는 잔뜩 풀이 죽은 채 형이 다 웃을 때까지 기다렸다.

"내가 장담하는데, 넌 아마 벽에 똥칠할 때까지 살게 될 거다."

"그럼 틀림없이 죽을병은 아니란 말이지? 의사 선생님이 특별히 하신 말씀도 없고?"

"그저 잘 먹어야 한다고만 하셨어."

그 말을 듣고 조금 안심했다. 그제야 진짜로 미소 지을 수도 있게 되었다. 하지만 완전히 의심이 사라진 건 아니었다.

"그렇다면 가끔씩 가슴이 답답한 건 대체 왜 그런 거지?"

형은 내 얼굴을 뚫어져라 쳐다봤다. 나는 내 몸에 대해 지나치게 걱정하는 듯한 인상을 풍긴 것 때문에 약간 창피해졌다.

"가슴이 답답하고 속이 쓰리다면 그건 아마도 홧병일 거야. 내가 아는 어떤 형도 홧병 때문에 소화가 잘 안 된다고 했었거든."

그러면서 형은 그 사람은 지난 달에 죽어버렸대, 하고 말하는 것이었다. 나는 또 겁이 나서 벌벌 떨기 시작했다.

"바보야, 그것 때문에 죽은 게 아냐. 사고로 죽었지."

형이 피식 웃으며 말했다.

"시디 팔러 다니다가 선로 위에 떨어져서 죽었어. 다른 형들한테 쫓기다 말이야. 거기도 나름대로 치열하거든. 그래서 다시는 그쪽 일은 안 하기로 했어. 그 일을 계속하면 개죽음 당할지도 모르잖아…… 사는 게 참, 거지 같다는 생각이 들더라."

나는 형이 어째서 갑자기 철이 들기 시작했는지 알 것 같았다. 누구든지 죽음을 목격하거나 전해 듣게 되면 조금은 진지해지는 법이니까. 형은 죽은 사람을 생각하는지 잠시 무표정했다. 나는 그런 것은 되도록 빨리 잊어버려야 한다고 말해주고 싶었지만 그런 말을 하면 나쁜 놈처럼 보일 것 같아 하지 않았다.

"근데 그 상처는 뭐야?"

나는 지금이야말로 그것에 대해 물어볼 기회라고 생각했다. 형은 아주 잠깐 멍하니 있다가 손으로 자기 한쪽 눈을 매만졌다.

"별것 아냐, 조직에서 나오려면 이 정도는 감수해야지."

"조직이라고?"

"그래. 넌 모르겠지만 거기도 엄청난 조직이 있어. 그래서 한 번 몸 담으면 벗어나기가 힘이 들지. 그 지저분한 시디를 어디서 구워오는지, 누가 대장인지, 그런 것들을 알고 있으니까 함부로 내보내주질 않는 거야. 거긴 양아치들 소굴이거든."

"형도 깡패가 되려고 하지 않았어?"

"맞아, 난 지금도 주먹계의 대부가 되고 싶어. 하지만 그딴 거나 팔러 다니면서 언제 조직을 키우겠냐. 차라리 마약을 팔라고 했으면 내가 이러지도 않는다."

"그건 더 위험한 일이야."

"상관없어. 난 지금부터 돈을 벌어서 조직을 만들 거야. 나처럼 가난한 아이들만 끌어모으는 거지. 그러곤 걔네들과 함께 일을 시작하는 거야. 마약을 팔든 권총을 팔든, 하여간에 뭐 엄청난 일을 하게 되겠지. 시시하게 불법 시디나 팔아먹지는 않는다고."

형은 비장해 보였다. 형에게는 그런 비현실적인 꿈이 살아가는 데 도움이 되는 듯했다. 그래서 나는 암말 않고 형을 쳐다봤다. 내가 형을 신뢰하고 있다는 뜻이었다. 형이 그런 깊은 뜻을 알는지 모르겠지만.

"아, 참, 잊을 뻔했다. 제일 먼저 그걸 보여줄 생각이었는데……"

갑자기 얼굴이 밝아진 형이 자리에서 벌떡 일어나 옷장 위에 손을 뻗었다. 나는 그런 형을 멀뚱히 쳐다보기만 했다.

"이 안에 뭐가 들어 있는지 알면 놀라 자빠질 거다."

그러면서 형은 작고 길쭉한 상자를 내 앞에 내밀었다. 그때까지도 나는 내게 무슨 일이 일어나게 될지 상상할 수 없었다. 나는 한 번도 요행이나 행운 따위를 바라본 적이 없기 때문에 막상 그런 일을 당했을 때 어떻게 처신해야 하는지도 몰랐다.

"빨리 열어봐, 내 가슴이 다 벌렁거린다."

형이 채근했지만 선뜻 손을 내밀지 못했다. 하지만 나는 빨리 그 상자를 열어보아야 했다. 내 심장도 형만큼이나 뛰고 있었기 때문이다.

나는 상자를 묶고 있던 리본을 풀고, 뚜껑을 열었다. 그리고 얌전히 누워 있는 어여쁜 그것을 보고 말았다.

"이게 정말 나한테 일어난 일이란 말이야……?"

나는 숨을 헐떡거렸다. 형은 그저 웃고만 있었다. 나는 속으로 만일에 이게 꿈이라면 부디 깨어나지 않기를 바라고 있었다.

"사서 아줌마가 두고 가셨어. 어떤 분이 너에게 선물로 주라고 했대."

나는 떨리는 손으로 카드를 펼쳐보았다. 거기에는 이렇게 적혀 있었다.

사람들에게 너의 연주를 들려줘라.

그 사람들 마음을 움직여보렴.

추신: 비싼 거란다.

그것은 거지 같은 내 인생에서 처음으로 받아보는 행운이었다. 그게 얼마짜리인지도 모르겠다. 정말이지 이건 꿈에서나 가능한 일이니까. 나는 그 플루트를 만져볼 수도 없었다. 그저 무슨 일이 일어났는지 생각하느라 넋이 나갈 지경이었다.

"이 멍청아, 정신 좀 차려!"

형이 내 손등을 툭 쳤다. 나는 멍하니 형을 바라봤다. 그 순간 형이 사람이 아닌 천사로 보였다. 내 머리가 어떻게 된 것 같았다.

세상에는 아무리 이해하려고 노력해도 이해할 수 없는 일들이 있기 마련이다. 바로 오늘 같은 날이 그렇지 않을까? 지금까지는 내가 더럽게 운이 없는 아이라고 믿고 살았다. 하지만 지금은 내 눈앞에서 일어난 기적을 보고 있다. 그러니 인생이란 정말 알 수 없는 것 아닌가. 나는 그 어떤 신념도 절대적인 것은 없으며 모든 것은 상황에 따라 변한다는 걸 이해해야만 했다. 나는 형이 지켜보는 가운데 플루트를 집어 들었다. 그리고 천천히, 각기 떨어져 있는 세 개의 관을 조립했다. 조금만 잘못하면 금세 부스러져버릴 꿈만 같아서 조심스럽기만 했다.

"이건 꿈이 아니야, 형."

나는 그 말밖에 할 수 없었다. 형은 그런 나를 이해한다는 듯 고개를 끄덕거렸다. 그리고 이렇게 말했다.

"그래, 꿈은 아니지. 근데 대체 누구냐?"

"그런 분이 있어. 그분은 평상시에 곰돌이 푸가 그려진 옷을 입고 다녀. 내가 아는 거라곤 그뿐이야."

나는 웃었다. 형도 웃었다. 처음으로 우리 두 사람 다 현실 속에서 환하게 웃고 있었다.

"미안하지만, 난 이만 나가봐야 해. 이미 늦었다."

형이 늦었다며 옷을 챙겨 입었다. 한 번도 빤 적이 없는 듯한 형의 지저분한 점퍼는 어느새 소매가 짧아져 있었다. 소매 밖으로 나온 형의 맨살도 앙상하기 그지없었다. 형은 그런 것은 전혀 상관없다는 듯 신발을 신고 밖으로 나갔다. 나는 플루트를 두 손에 든 채 그런 형을 물끄러미 바라보았다.

형이 나가고 난 뒤에는 하염없이 플루트를 바라보기만 했다. 너무 얼떨떨해서 그걸로 무엇을 해야 할지 몰랐기 때문이었다. 나는 정말이지 별 생각을 다 했다. 살면서 이런 크나큰 행운은 처음이었기 때문에 너무도 막연하기만 했다. 하지만 생각을 가다듬은 뒤에는 연습 삼아 「위모레스크」를 불어보기도 했다.

그날 밤은 뜬눈으로 밤을 새웠다. 그리고 그다음 날도. 슬그머니 잠이 들었다가도 깜짝 놀라서 눈을 뜨곤 했다. 그러고는 플루트가 어디로 사라지진 않았는지 확인해보느라 머리맡에 손을 뻗어보았다. 하지만 셋째 날부터는 플루트가 여전히 내 눈앞에 있다는 사실을 알고 안심했다. 나는 천천히 내게 일어난 일을 믿게 되었다. 그리고 인생에 나쁜 점만 있는 것이 아니라 좋은 점도 있다는 것도. 그런 생각을 하고 난 뒤에는 곧바로 옷을 갈아입었다. 그리고 집을 나서기 전에 노트를 찢어 간단하게 메모를 했다.

구두를 훔쳐서 죄송합니다. 그때는 제정신이 아니었나 봐요. 저를 낳아주신 분을 생각해서라도 용서해주시기 바랍니다.

나는 다시 한 번 쪽지를 읽어본 뒤에 그것을 구두 속에 집어넣었다.

메론 맛 아이스크림

시장으로 가는 내내 기분이 말할 수 없이 이상했다. 뭔가 용기 있는 일을 하고 있다는 생각에 뿌듯하기도 했고, 애초에 그런 짓을 했던 것이 부끄럽기도 했다.

어떤 사람이 착하다는 것은 그 사람이 나쁜 짓을 저지를 필요가 없었다는 것을 의미한다. 반대로 어떤 사람이 나쁘다는 것은 살면서 좋은 일을 할 기회가 없었던 것이다. 그런 것들은 태어날 때부터 정해진 것이 아니라, 살아가는 동안에 정해지는 것이다. 그러니 착한 사람이든 나쁜 사람이든 결국에는 다 똑같은 사람이 아닐까?

이런 생각을 해보았지만 기분이 나아지지는 않았다. 나는 될 수 있으면 빨리 그곳에 도착하려고 달리기 시작했다. 하지만 얼마 못 가 달리는 것을 멈춰야 했다. 숨이 차서 더 이상은 달릴 수 없었다. 눈앞에 나타난 계단을 올라가는 것도 쉽지 않았다. 어쩌면 좀더 쉬어야 했는지도 모른다.

신발 가게 안에는 여전히 아줌마가 앉아 계셨다. 마치 변하지 않는 액자 속 그림처럼 그녀는 여전히 뜨개질을 하고 있었고, 아무도 보지 않는 텔레비전은 혼자서 떠들어대고 있었다. 어찌해야 할지 몰라 맞은편 골목에 숨어버렸다. 그리고 시간이 가기를 기다렸다. 시간이 가고 있는 것인지 오고 있는 것인지 도무지 알 수 없었다. 그저 아줌마가 잠깐이라도 가게를 비우기만 기다릴 수밖에. 그때가 되면 조용히 가게 문 앞에 신발을 두고 올 생각이었다. 하지만 내 마음대로 되는 게 아니기 때문에 눈앞에서 그 빌어먹을 아들 녀석을 봤을 때는 차라리 도망치고만 싶었다. 그 녀석은 항상 그 시간이면 제 할머니 손을 잡고 가게로 오는 것 같았다. 벌써 유치원에 다니는지 초록색 가방을 메고 있었는데, 내가 봐도 꼬집어주고 싶을 만큼 귀여웠다. 그러니 제 엄마는 오죽 할까.

맞은편 골목에 숨어서 그들이 웃고 떠드는 것을 훔쳐보았다. 나 같은 아이는 평생 가져볼 수 없을 행복을 그들은 넘치게 갖고 있는 것 같았다. 나는 이제 질투하지 않기로 했다. 그들이 가지고 있는 행복은 애초부터 내 것이 아니었기 때문이다.

예전에 나는 누군가 행복해하는 모습을 보면 그 사람이 내 행복을 가로채서 행복해진 거라고 믿었다. 하지만 행복은 그것을 느끼는 사람의 몫이라는 걸 이제는 안다. 그러니 나는 이제 행복해지려고 애쓰지도 않겠다. 나는 아마 평생 동안 그런 것은 가져볼 수도 없을 테니까.

나는 내가 무슨 생각을 하는지 알 수 없었다. 이런 멍청한 생각들은 머릿속에서 다 없어져버렸으면 좋겠다.

안에 있던 사람들이 돌아갈 생각을 하지 않았기 때문에 자리에서 일어났다. 엉덩이에 묻은 흙을 털어내고 천천히 가게 앞으로 걸어갔다. 나는 이제 무슨 일을 당해도 기절하지 않을 것이다. 그런 건 하고 싶다고 아무 때나 할 수 있는 것도 아니다.

"안녕하셨어요?"

될 수 있으면 밝게 보이려고 미소를 지었다. 아이에게 요플레를 떠먹이고 있던 아줌마가 그런 나를 멀뚱히 쳐다봤다. 그 눈빛은 아주 낯설었다.

"이걸 돌려주려고 왔어요. 예전에 제가……"

거기까지 말하고 나니 갑자기 할 말이 없어졌다. 그래서 봉투에 든 신발을 평상 위에 올려놓고는 황급히 뒤돌아섰다.

"너 혹시, 은호 아니니?"

가슴이 뛰기 시작했다. 나는 잠시 뒤돌아선 채 뭐라고 할지 망설였다. 아줌마는 신발을 신고 평상에서 내려와 내 어깨를 붙잡았다.

"맞아, 틀림없어! 너 은호구나? 벌써 이렇게 컸니? 어쩜, 못 알아볼 뻔했네…… 아이고, 세월이 참……"

"누구, 아는 애냐?"

"네, 유진이 아들인데 몰라보게 컸네요."

"유진이라고?"

"왜, 그 있잖아요. 저쪽 길 건너에 있던 책방 남자랑……"

아이가 요플레를 넘어뜨리는 바람에 그녀는 걸레를 가지러 갔다. 그동안 나는 멀뚱히 서 있었다. 다시 돌아온 그녀는 태연히 걸레질을 시작했다. 그게 전부였다. 그녀는 날 안아보지도 않았고, 내 뺨에 뽀뽀하려고 하지도 않았다. 내 상상 속에서 그녀는 나를 보자마자 울먹였다. 그러고는 그동안 왜 찾아오지 않았느냐며 원망하는 소리도 했다. 하지만 현실에서의 그녀는 너무도 밋밋하고 낯설기만 했다. 그래서 나는 이렇게 말했다.

"사람을 잘못봤나 봐요. 전 아줌마가 말한 그 애가 아니거든요. 아마 그 자식은 벌써 죽어버렸을 거예요."

걸레질을 하던 그녀가 멍청히 나를 쳐다봤다. 나는 그 길로 냅다 가게를 뛰쳐나와버렸다.

나는 내가 변했음을 알 수 있었다. 다른 사람을 통해 엄마 얘기를 들어도 더 이상 놀랍거나 화가 나지 않았다. 이제는 그런 것에 얽매여 슬퍼할 나이는 지나버린 것이다. 가끔은 시간이 흐름에 따라 자연스럽게 변하는 모든 것들이 감사히 여겨질 때도 있다. 그건 내가 변덕스러워서가 아니라, 나 또한 어쩔 수 없이 나이를 먹어가기 때문일 것이다. 게다가 나는 내 안에 허풍쟁이가 살고 있었다는 걸 인정해야겠다. 그 허풍쟁이는 엄마에 관한 추억이라면 뭐든지 과장해서 생각하는 경향이 있다는 것도. 나는 그 아줌마가 생각보다 나를 예뻐하지 않았다는 걸 알게 되었다. 내게 용돈을 주고 내 뺨에 뽀뽀를 했던 것은, 아마도 내 옆에서 엄마가 지켜보고 서 있었기 때문일 것이다. 어른들은 종종 다른 사람에게 잘 보이려고 마음에도 없는 행동을 하니까.

시장 거리를 걷고 또 걸었다. 그런 다음에는 어느 상가 앞에서 꼼짝 않고 앉아 있기도 했다. 그러고 있으니 좀 진정이 되었다. 하지만 그때마다 가게 주인이 나와서 당장 꺼지라고 말했다. 나는 어딜 가나 환영받지 못했다. 그건 너무 당연한 일이었다. 나 같은 아이들은 커서 뭐가 될지 모르기 때문에 사람들이 두려워하는 것이다. 그건 그 사람들이 나빠서가 아니라, 세상의 이치가 그렇게 생겨 먹은 것이다.

시장을 빠져나온 뒤론 줄곧 걸어 다녔다. 그렇게 시간을 끌어도 집에 두고 온 플루트가 내 것이라는 사실에는 변함이 없는지 확인하고 싶었다. 나는 마음만 먹으면 어디라도 갈 수 있을 만큼 시간이 많았기 때문에 계속 거리를 쏘다녔다. 이상하게도 기분이 좋았기 때문에 다리가 아픈 줄도 몰랐다.

언젠가는 정말로 바다에 가봐야겠다. 거기서 온종일 모래사장 위를 걸을 것이다. 거기서는 누구도 나에게 썩 꺼지라고 말하지 않을 것이다. 누구의 간섭도 받지 않고 아무런 편견도 없이 그저 걷고 또 걸을 수만 있다면…… 그런 생각을 하는 내내 나는 웃고 있었다. 제기랄, 대체 왜 그렇게 웃음이 나는지 알 수가 없었다. 나는 조금은 미친 것 같았다.

해 질 녘까지 거리를 쏘다닐 작정이었다. 길 잃은 개처럼 어슬렁거리면서, 내가 누군지 천천히 생각해보아야 했다. 내가 누군지, 몇 살이나 되었는지, 미치지 않았는지 따위의 시시껄렁한 생각들 말이다.

어느 골목길을 지나고 있을 때, 나보다 어린 녀석들 셋이서 놀고 있는 것을 보았다. 나는 그 애들을 향해 일부러 험상궂은 표정을 지어 보였다. 그랬더니 그 멍청한 녀석들은 겁이 나서 달아나버렸다. 그걸 보고 나는 한참이나 웃어댔다. 마침 골목을 지나던 어떤 여자가 그런 나를 보고는 발걸음을 빨리 놀려 걸어갔다. 확실히 나는 사람들에게 위압감을 줄 만큼 성숙했던 것이다. 나는 내 나이가 고작 열세 살이라는 사실은 까마득히 잊고 있었다.

내친김에 큰 대로변까지 걸어갔다. 거기서 소희네 집은 멀지 않았다. 그 애는 최근에 학교에 나오지 않았다. 선생님은 그 애에게 무슨 사정이 생겨서 당분간은 학교를 쉰다고만 했다. 나는 예전에 그 애가 놀러오라고 했던 말을 기억해냈다. 그래서 그 애 집에 전화를 걸어보기로 했다. 하지만 아무리 찾아봐도 근처에 공중전화기가 보이지 않았다. 이놈의 도시에서 공중전화 부스는 완전히 사라져버린 모양이었다. 나는 대로변을 지나 건널목까지 걸어갔다. 거기서 가까스로 공중전화 부스를 찾아냈다.

"여보세요?"

어떤 나이 든 여자의 목소리였다. 뭐라고 해야 할지 몰라서 잠시 머뭇거렸다. 그사이에 또 그 여자가 피곤에 전 목소리로 중얼거렸다.

"여보세요……? 이봐, 누구야, 누구냐고!"

나는 약간 당황스러웠다. 그래서 겨우 소희를 좀 바꿔달라고 말했다. 그랬더니 그 여자는, "이놈의 자식아, 네가 뭔데 내 딸을 바꾸라 마라 해?"라고 외치며 목소리를 파르르 떨었다. 나는 어찌해야 할지 몰라서 가만히 수화기를 들고 서 있기만 했다. 그러는 동안 수화기 저편에서 약간의 소란이 있었다. 그러고는 뒤이어 차분한 음성이 들려왔다. 틀림없는 소희의 목소리였다.

"여보세요?"

"나야, 은호……"

"……이 시간에 웬일이니?"

그 애 목소리가 너무도 차가워서 나는 전화 건 것을 후회했다. 하지만 그냥 끊는 것도 어색할 것 같아 어렵게 말을 꺼냈다.

"어쩌다 너희 집 근처에 오게 되었는데 말야, 예전에 네가 놀러 오라고 한 말도 있고 해서……"

"이 근처라고? 얘, 거기 좀 있어봐. 아이참, 저리 비키라니까요!"

"……"

"신경 쓸 것 없어, 우리 엄만데 지금 완전히 취해서 제정신이 아니거든. 그거 공중전화지? 그럼 네가 어디 있는지 알 것 같아. 나 지금 나갈게."

그런 뒤에 전화가 끊어졌다. 나는 멍하니 슈퍼 앞 평상에 앉아 소희를 기다렸다.

10분도 지나지 않아 소희가 나타났다. 그 애는 나를 보자마자 잠깐만 있으라고 한 다음 슈퍼에 들어가 메론 맛 아이스크림을 두 개 사 들고 나왔다.

"어떻게 여기까지 왔니?"

소희가 아이스크림을 한 입 베어 물며 말했다. 나 역시 아이스크림을 먹고 난 뒤에 그 애를 쳐다봤다. 급하게 나오느라고 그랬는지 머리카락이 엉망으로 헝클어져 있고 얼굴 여기저기에 할퀸 자국도 나 있었다.

"그냥 여기저기 걸어다녔어. 그러다 여기까지 왔지 뭐냐."

"야, 정말 기막힌 타이밍이었어."

"뭐가?"

"네 전화 말이야. 안 그랬으면 오늘 둘 중 한 사람은 죽는 건데."

우리는 한동안 아무 말 없이 차디찬 아이스크림을 먹었다. 아이스크림을 다 먹고 난 뒤에는 추워서 덜덜 떨었다. 나는 콧물을 들이마시고 난 뒤에 오늘 나에게 일어난 일에 대해 말하기 시작했다. 소희도 코를 훌쩍거리면서 내 얘기를 끝까지 들어주었다.

"이것 좀 봐."

얘기를 마친 뒤에 주머니에서 경연 대회 포스터를 꺼내 소희에게 보여주었다. 누군가에게 그걸 보여주기는 처음이었다. 소희는 구겨진 종이를 펼쳐서 자세히 살펴보았다.

"그래서 말인데…… 난 여기에 참가할 거야. 아직 한 달이나 남았으니까 연습할 시간도 충분해."

소희는 별말이 없었다. 아마도 좀 어리둥절한 것 같았다. 나는 다시 입을 열었다.

"난 말야…… 우리 형에게 이런 말을 하면 계집애 같다고 놀리겠지만…… 빌어먹을, 그 자식은 항상 그런 식으로 말해. 언젠가는 그

주둥이를 실컷 패줘야 할 것 같아. 아이고, 지금 그런 말을 하려던 건 아니고……

아무튼 난 말이지…… 그러니까 항상 절벽 위에 서 있는 것 같더란 말이야. 바람이 몹시 불고 주위는 온통 뾰족한 바위만 보이는 그런 곳에. 조금만 실수해도 저 아래로 곤두박질치기 십상인 그런 곳에 말이야. 그래서 떨어지지 않으려고 안간힘을 쓰느라 다른 건 신경 쓸 겨를도 없었어. 구름이 어느 방향으로 흘러가는지, 멀리 보이는 숲에는 뭐가 있는지, 한가롭게 그런 걸 생각할 여유가 없었으니까.

근데 어느 날 갑자기 하늘에서 밧줄 하나가 내려온 거야. 대체 뭔 일인지 모르겠어. 아무튼 난 이제부터 그걸 꼭 붙잡고 있을 생각이야. 그것만 있으면 지금 당장 벼랑 끝에서 떨어진다고 해도 무사할 테니까. 오히려 난 저 밑바닥에 뭐가 있는지 보고 싶기도 하단 말이지…… 고작 밧줄 하나가 생겼을 뿐인데 갑자기 뭔가 해볼 만하다는 생각이 들었어. 단지 그뿐이라고."

"맞아, 그뿐인 거지. 또 뭐가 있겠어?"

소희가 한숨을 내쉬며 말했다. 그 말을 듣고 나는 마음을 놓았다. 혹시나 날 흉볼까 봐 걱정했던 것이다.

"그건 그렇고, 추천서를 어디서 구해야 할지 모르겠다. 난 학원도 안 다니는데."

"그런 거라면 걱정 마. 우리 이모한테 부탁해보지 뭐. 이모가 음악 학원을 하고 계시거든."

"이번 달까지 신청서를 접수해야 돼."

"걱정 말래두……"

"근데 넌…… 괜찮아?"

내 말에 소희가 환하게 웃었다. 소희는 아무 때나 웃자고 마음먹으면 웃을 수도 있는 그런 애였다.

"하루 이틀 일도 아냐, 난 정말로 우리 엄마가 죽어버렸으면 좋겠다. 이런 말 한다고 날 너무 나쁘게 보지는 말아줘."

"넌 나쁘지 않아."

"고마워…… 그치만 언제까지 이렇게 살 순 없어. 이런 똑같은 상황이 매일 반복해서 일어나는데, 그게 또 십 년이고 이십 년이고 계속된다고 생각하면 너무 끔찍해."

"어떤 것도 영원히 반복되는 건 없어. 언젠가는 변하게 마련이라고."

"그러니까 그게 언제쯤이냐구. 그전에 난 말라 죽고 말 텐데."

"내 말을 믿어. 모든 것엔 끝이라는 게 있으니까."

"머리카락이 이만큼이나 빠졌어. 술에 취했어도 얼마나 힘이 센지."

소희가 손가락으로 머리카락을 쓸어내리자 정말로 한 움큼의 머리카락이 빠져나왔다. 그걸 보고 나는 한숨을 내쉬었다. 위로할 만한 어떤 말도 떠오르지 않았다. 나는 우리가 인생의 몸통을 가른 다음 그 내장 속에 들어와 있다고 생각했다. 보기 흉하고 질척거리고 이상한 냄새가 나는 그런 곳에.

"엄마랑 싸우고 나면 내가 정말 못된 아이가 된 것 같은 기분이 들어. 내가 왜 이 여자와 싸우고 있지? 하면서도 지지 않으려고 계속 버티는 거야…… 나, 정말로 한심해."

"그래, 한심하다, 정말. 하지만 누구든지 그런 상황에 놓이면 너처럼 한심해질 수밖에 없을 거야."

"평범하게 사는 게 왜 이렇게 어려운지 몰라."

"그건 원래 어려운 거야. 혜택 받은 사람들만이 정말로 평범하게 살아갈 수 있는 거니까."

"……"

"근데 너, 정말로 지구가 그렇게 걱정돼?"

내 말에 소희가 푸핫, 하고 웃음을 터뜨렸다. 그러고는 내 등을 툭툭 치더니 이렇게 말했다.

"그건 가면 같은 거야. 내가 그런 고민을 하고 있는 줄 알면 사람들은 내게 다른 고민은 더 이상 없는 줄 알거든. 사람들이 그렇게 생각하는 게 편하기도 하고."

어느새 땅거미가 지고 있었다. 소희와 나는 저녁이 오는 것을 천천히 바라보다가 자리에서 일어났다. 희미한 어둠 속에서 소희가 웃고 있었다. 그 웃음은 울음을 터뜨리기 직전의 애매모호한 표정과도 닮아 있었다. 그 애는 울고 싶지 않았기 때문에 그렇게 마냥 웃고 있었던 것이다.

챔피언

할아버지, 언젠가는 저도 할아버지처럼 가난한 사람들을 위해 연주를 할 거예요. 그 사람들에게 행복이 뭔지 알게 해주고 싶다고요. 행복은 물건처럼 살 수도 없고 가질 수도 없지만, 마음만 있으면 얼마든지 느낄 수 있는 거라고요.

이런 말을 하는 게 조금 역겹다는 것을 안다. 하지만 나는 요즘에 정말로 그런 생각을 하고 있다.

예전에는 별 생각 없이 플루트를 불었다. 그냥 습관처럼 말이다. 지금은 내가 얼마나 플루트를 불고 싶어 하는지 알게 되었다. 나는 그동안의 시간들을 보상받기라도 하듯 하루도 빠짐없이 거의 매일 플루트를 불었다. 플루트를 불고 있으면 내가 세상의 주인이 된 것 같았다. 나에게도 내일이 있고, 미래가 있음을 알 수 있었다. 나는 아무런 고통 없이 내 미래에 대해 생각할 수 있게 되었다.

어떤 날은 잠도 자지 않고 연습했다. 그랬더니 아래층에 사는 청년이 올라와서는 소음 때문에 노이로제에 걸릴 지경이라며 제발 조용히 좀 해달라고 소리쳐댔다. 할 수 없이 밤에는 옷장 속에 들어가 플루트를 불었다. 거기서는 아무것도 보이지 않았기 때문에 오히려 집중이 더 잘되는 것 같았다. 플루트가 없었더라면 내가 어떻게 되었을지 상상도 못하겠다. 나는 연습에 모든 것을 쏟아부었다. 그런 날 밤에는 내가 좀더 삶에 가까워져 있음을 알 수 있었다. 플루트가 없을 때 나는 인생에서 멀리 떨어져 있었다. 나는 삶에서 버림받고 내팽개쳐지고 영원히 잊힐 뻔했다. 하지만 플루트를 불기 시작하면서 나는 나를 느끼기 시작했다. 원망과 기쁨과 피곤과 지루함 속에서 오락가락했다. 나는 내가 열세 살이 아니라 열아홉 혹은 스물아홉 살이라도 된 것처럼 느꼈다. 나는 아직 늙지 않았지만 그렇다고 젊지도 않은 것 같았다.

그 와중에도 나는 종종 형 걱정을 했다. 유일하게 내게 남아 있는 사람이 형뿐이었기 때문이다. 누구든지 단 둘이 살게 되면 어쩔 수 없이 그 사람 걱정을 하게 된다. 형이 가끔씩 밤을 새우고 돌아왔기 때문에 또다시 불량배들과 어울리지나 않는지 걱정했다. 특히 형이 첫 월급을 스쿠터 사는 데 몽땅 써버리는 것을 보고는 충격을 받았다. 형은 가장 친한 친구에게 스쿠터를 반값에 얻었다면서 좋아라 했다. 그걸 보고 말문이 막혔다. 하지만 두 달째부터는 내게 용돈을 조금씩 주었기 때문에 나는 입을 다물고 가만히 있었다. 나는 어떻게 처신하는 것이 내게 이로운 행동인지를 잘 알고 있었다.

새학기에 들어서자마자 형은 내게 새 운동화를 사주었다. 그렇지만 처음 며칠 동안은 헌 운동화를 신고 학교에 다녔다. 그것을 언제부터 신어야 할지 결정할 수 없었기 때문이었다.

삶이 갑자기 내게 온화하게 미소 짓기 시작했기 때문에 나는 오히려 불안하고 미심쩍기만 했다. 삶이란 것은 믿을 게 못 되니까. 변하지 않는 것은 오로지 나 자신뿐이다.

삶뿐만 아니라 사람도 변한다는 것을 알게 된 건 형 때문이었다. 형은 더 이상 학교에 다니지도 않았고 자신이 아직 미성년자라는 사실도 완전히 잊고 사는 듯했다. 어느 날은 갑자기 머리에 염색을 하고 나타나더니 그다음 날은 한쪽 귀에 피어싱을 하고 왔다. 그렇게 시작된 피어싱은 점점 더 늘어나서 나중에는 배꼽에까지 쇠고랑을 달았다.

형은 면도기를 사다 가끔 턱 밑의 수염을 깎기도 했다. 그걸 보고 나는 사내아이가 열일곱 살이 되면 털이 나기 시작한다는 사실을 상기했다. 그렇다고 형이 성조숙증을 앓고 있다는 건 아니다. 그보다 빨리, 심지어는 열세 살에 털이 나는 녀석들도 있으니까.

나처럼 대부분의 사내아이들은 자신의 의도와는 상관없이 남자가 되어간다. 그게 자연의 이치에 맞는지 몰라도, 나 같은 숙맥한테는 엄청나게 부담스러운 일이다. 하지만 형은 그러한 모든 변화를 자연스럽게 받아들이는 듯했다. 체념과 난처함이 적당히 뒤섞인 어정쩡한 태도로 말이다.

어쨌거나 나는 하루가 다르게 변해가는 형의 얼굴을 보면서 왠지 모를 슬픔을 느꼈다. 그건 너무도 이상한 감정이었다. 나로서는 그 느낌을 설명할 도리가 없다. 이상하고 먹먹하고 가슴 아픈 그런 느낌을……

형은 마치 누군가 자신을 이 세계로부터 떼어내기라도 하는 것처럼 안간힘을 쓰며 자기 자신을 붙들고 있는 것 같았다. 예전에는 순진하고 단순하게만 보였던 형의 눈빛은 이제 혼란으로 가득 차 보였다.

내 생각에 이 모든 변화들은 형이 학교에 다니지 않게 되면서부터 시작된 것 같았다. 나는 학교란 곳이 그나마 형을 이 세계에 속하도록 붙잡아 두는 구실을 해왔다는 걸 알 수 있었다. 하지만 형의 등 뒤로 교문이 닫히는 순간, 형은 그 울타리 안으로 다시는 들어설 수 없는 신세가 되고 말았다. 형은 호기롭게 울타리 밖으로 걸어 나왔지만, 사실상 그 너머에 뭐가 있는지는 알지 못했던 것이다.

이런 말을 소희에게 했더니 그 애는 눈을 반짝거렸다. 그러고는 내게 추천서를 건네주면서 언제 한 번 형을 만나보고 싶다고 했다. 나는 소희가 나와 같은 학년이지만 집안 문제로 2년을 쉬었기 때문에 실제 나이는 열다섯 살이라는 사실을 떠올리지 않을 수 없었다. 하지만 누군가를 좋아하는 것에 나이는 아무런 상관이 없다는 사실을 생각해내고는 마음을 놓았다. 그렇다고 내가 그 애를 좋아한다는 것은 아니다. 단지 사실이 그렇다는 말을 하려는 것뿐이니까.

목요일인가 금요일 오후에, 나는 혼자서 시민회관으로 갔다. 내가 날짜를 정확히 기억 못하는 것은 그날 이후로 기억해야 할 날들이 너무도 많아졌기 때문이다. 아무튼 화창한 봄날이었던 것만큼은 분명하다. 나는 약간 떨고 있었고 그 때문에 쉼 없이 오줌이 마려웠다. 몇몇 다른 아이들도 나처럼 화장실을 들락거리느라 정신이 없었다.

대기실에 있던 아이들 모두가 검정색 양복에 빨간 넥타이를 하고 있는 걸 보고 조금은 부럽다는 생각이 들었지만 그 전날 빨아서 다려 입은 내 옷도 멀쩡하긴 마찬가지였다. 게다가 내 플루트도 값싼 것은 아니었다. 그런 생각을 하자 약간은 자신감도 생겼다.

1시쯤 되자, 심장이 다 벌렁거렸다. 나는 심호흡을 하면서 진정하려 애썼다. 자기 차례가 끝난 어떤 아이가 대기실로 들어와 울음을 터뜨리는 것을 봤을 때는 정말이지 도망치고만 싶었다. 그 애는 중간에 박자를 놓친 것 때문에 감점을 받을 것이라며 대성통곡을 했다. 그 애와 함께 온 학원 선생님이 그만 울라고 다그치는데도 계속해서 울어댔다. 나는 생각을 자유롭게 하기 위해 눈을 감아보았다. 하지만 아무리 그래봤댔자 내 관심은 대기실 안의 혼란스러운 분위기에 꼼짝없이 매달려 있었다. 나는 생각을 자유롭게 한다는 것이 얼마나 어려운 일인지 새삼 깨닫게 되었다. 그건 아마도 할아버지처럼 나이를 먹어서야 할 수 있는 일인가 보다.

드디어 다음이 내 차례였다. 내가 도대체 뭔 짓을 하고 있는 건지 몰랐다. 나는 의자에 엉덩이를 꼭 붙이고 앉아만 있었다. 밖에서 내 번호를 호명하는 소리가 들려왔다. 하지만 나는 일어설 수 없었다.

누군가 꼼짝 못하도록 내 발목을 붙잡고 있는 것 같았다. 대기실 밖에서 웅성거리는 소리가 들렸다. 그래도 나는 멍청하게 의자에 앉아 있었다. 대기실 안에 있던 모든 아이들이 내 가슴팍에 붙은 번호표를 뚫어져라 쳐다보는 게 느껴졌다. 나는 움직이지 않았다. 방금 어딘가에서 늙고 쇠약한 새 한 마리가 대기실 안으로 날아 들어온 것을 보았기 때문이다. 그 새는 깃털 빠진 빈약한 날개를 접고 나서 내 앞에 놓여 있는 화장대 앞에 조용히 앉았다. 나는 너무 놀라 주위를 둘러보았다. 하지만 모두가 나처럼 그 새를 보고 있는 것 같지는 않았다. 나는 심오한 사색가처럼 깊고 그늘이 져 있는 새의 눈동자를 보고서야 안심했다. 그 새는 우리 할아버지였으니까.

얘야, 듣고 있니……?

네, 듣고 있어요. 할아버지.

용기를 가지렴. 너 자신을 위해서도 말이다.

하지만 두려운걸요, 할아버지. 전 아직 애송이에 불과하다고요.

누구나 두렵단다, 아가야. 모두가 다 애송이에 불과해.

전 겁이 많아요. 심장이 마구 뛰고 있어요.

얘야, 넌 슬퍼하는 아이를 보면 금방 알아볼 수 있지?

그건 아마도 제가 가장 잘할 수 있는 일일 거예요.

그런 점에선 네가 세계 챔피언이라고 말해주고 싶구나.

고마워요, 할아버지.

넌 사나이가 되어가고 있어. 사나이라면 모든 면에서는 아니더라

도 적어도 어느 한 가지 분야에서는 영웅이 될 수 있어야 해. 노력을 해야 하는 일이란다, 얘야. 쉬운 일이 아니야.

전 벌써 세계 챔피언인걸요.

안다. 넌 이 할애비에게는 영웅이지. 네가 자랑스럽다.

가지 마세요, 할아버지……

나는 가야 해. 위대한 광부는 머뭇거리지 않는단다.

할아버지는 늘 생각이 자유로운 사람은 무엇이든 될 수 있다고 하셨다. 나는 이제 그 말이 무슨 뜻인지 안다. 나는 어떤 면에서 세계 챔피언이고, 그러니 더 이상 머뭇거릴 필요가 없는 것이다.

정신을 차리고 나서, 다시 한 번 주위를 둘러보았다. 모두가 나를 쳐다보고 있었다. 나는 그 애들과 일일이 시선을 마주쳤다. 어떤 아이는 생뚱맞은 얼굴로 내 시선을 피해버렸지만 대부분의 아이들은 호기심 어린 눈초리로 계속해서 내 얼굴과 가슴에 붙은 명찰을 번갈아 바라보았다. 때마침 누군가 대기실 문을 열고 들어와 내 이름을 불러댔다. 나는 손을 번쩍 들고 삼십팔 번 여기 있어요, 하고 큰 소리로 말했다. 그랬더니 그 남자는 얼굴을 잔뜩 찌푸리며 꾸물대지 말고 빨리 무대 위로 나가라고 호통을 쳤다. 나는 내 가슴속으로 들어온 새가 놀라지 않게 조심스레 앞으로 걸어 나갔다.

나는 썩 잘하지는 못했다. 아를의 연인이 내게서 멀리 달아나버린 것 같은 기분이었다. 심사위원들을 똑바로 쳐다보지도 못했다. 그래도 나는 지정곡과 자유곡을 무사히 마치고 무대에서 내려왔다.

이윽고 모든 순서가 끝나 각자 객석에 앉아 자신의 이름이 호명되기만을 기다렸다. 기다리는 동안 진땀이 흘렀다. 시간이 갈수록 내 미래는 안갯속으로 묻혀버리는 듯했다. 그러는 와중에 초등부 플루트 부문 발표가 시작되었다. 이름이 발표된 네 명의 아이가 차례로 무대 위로 나갔다. 그 애들은 상패와 금메달 같은 것을 목에 걸고는 다시 무대 뒤로 돌아갔다. 남은 한 명이 나일 거라고는 장담할 수 없었다. 5위 안에 들어가야 남은 본선 대회에 참가할 수 있기 때문에 객석은 상을 탄 아이와 그렇지 못한 아이들로 나뉘어 어수선하기만 했고 그것은 내 머릿속도 마찬가지였다.

"문성초등학교 육 학년 삼 반, 주은호!"

그건 분명 내 이름이었다. 나는 자리에서 일어났다. 그리고 앞으로 걸어갔다. 아무도 관심 있게 지켜보지 않았기 때문에 내가 넘어질 뻔했다는 사실이 부끄럽지도 않았다. 심사위원들만이 그런 나를 무심히 바라보았다. 나는 가까스로 무대 위로 올라갔다. 그리고 내 이름이 새겨진 상패와 메달을 받아 목에 걸었다.

그때까지 나는 뭣도 모르는 소년에 불과했다. 그렇다고 그 후에 뭘 알게 된 것도 아니다. 대부분의 사람들은 행복하지 않다. 하지만 행복하지 않다는 것이 꼭 불행한 것을 의미하는 것도 아니다. 그동안 나는 어째서 사람이 꼭 행복해야만 한다고 생각했는지 모르겠다. 그 순간에 나는 행복하지 않았지만 불행하지도 않았다. 아니, 이 말은 어쩌면 틀린 말인지도 모르겠다. 나로서는 그때의 기분을 더 이상 어떻게 설명해야 할지 모르겠다. 오직 시인만이 설명할 수 없는 것들에 대해 노래할 뿐이다. 나는 무덤덤했지만, 그 순간에 내가 무엇을 하고 있는지는 분명히 알 수 있었다.

나는 이제 꿈속에서만 위안을 받지는 않겠다. 그리고 나중에는 정말로 바다를 보러 가야겠다. 인생이란 것은 정말로 알다가도 모를 일이다.

해는 아직 떠 있었다. 어디로 가야 할지 몰라 잠시 머뭇거렸다. 다른 아이들은 모두 어른들과 함께 서 있었다. 그들은 부모이거나 혹은 학교 선생님이거나 자신이 다니고 있는 음악 학원 선생님일 것이다. 그 사람들은 현관문 앞에서 사진을 찍으며 야단이더니 곧 주차장에 세워둔 차를 타고 이곳을 떠났다. 남아 있던 일행도 근처에 있는 식당을 찾아 들어갔다. 나는 여전히 집으로 돌아가는 것이 싫었다. 거기엔 있어야 할 것들이 너무도 당연히 없었고, 또…… 모르겠다. 결국 내가 돌아가야 할 곳은 낡은 공동주택 위의 방 한 칸뿐이니까. 나는 형이 일을 마치고 돌아와 나를 기다리고 있을지도 모른다고 생각했다. 내가 상 받은 것을 알면 형이 기뻐할 것이다. 나는 형의 기쁨이 되려고 서둘러 정류장으로 걸어갔다. 내 이름이 새겨진 상패를 가슴에 품고 목에는 메달을 건 채로 말이다.

"안녕, 친구야."

소희가 옥상으로 향하는 계단에 쭈그려 앉아 있다가 나를 보고는 몸을 일으켰다. 나는 한 번도 우리가 친구라고 생각해본 적이 없었다. 그런데도 소희는 나에게 우정 어린 눈빛을 보내고 있었다. 그것은 내가 진정으로 원하는 눈빛이 아니었다. 빌어먹을. 내가 소희한테서 무엇을 바라고 있는지는 중요하지 않다. 나는 다른 것은 바라지도 않는다. 그저 소희와 오랫동안 같이 있고 싶을 뿐이다. 나는 나중에 좋은 아빠가 될 수도 있을 것이다. 이런 생각을 하는 동안 소희는 내 옆에 앉아 상패와 메달을 구경하고 있었다. 그 애한테서 비누 냄새가 났기 때문에 나는 정말이지 계속해서 심사가 뒤틀렸다. 왜 그런지는 나도 모른다. 아마도 호르몬 때문이겠지.

"네가 연주하는 거 가서 보고 싶었는데."

소희는 약속을 지키지 못해서 미안해했다. 하지만 그런 것은 상관없었다. 소희의 앙증맞은 엉덩이와 내 엉덩이가 거의 맞닿아 있었기 때문이다. 게다가 비누 냄새 때문에 환장할 지경이었다. 나는 갑자기 몸을 일으켰다. 그러고는 이렇게 말했다.

"있잖아, 오늘은 좀 피곤해서…… 집에서 쉬어야 할까 봐."

"긴장 때문에 그럴 거야. 들어가자."

소희는 아무렇지도 않게 우리 집에 들어가자고 말하고 있었다. 나는 그런 것은 생각도 못해본 일이라 쩔쩔매며 서 있었다. 바로 그때 계단 아래쪽 현관문이 열리더니 아래층에 사는 청년이 얼굴을 내밀었다. 소음 때문에 노이로제에 걸릴 뻔했던 바로 그 청년이었다.

"꼬마야, 형은 좀 어떠냐?"

무슨 말인가 싶어 멀뚱히 그 청년을 내려다보았다.

"많이 다쳤다고 하던?"

순간 소희의 얼굴을 쳐다보았다. 숨이 가빠지기 시작했기 때문에 아무 말도 할 수 없었다. 나 대신 소희가 청년에게 말했다.

"무슨 소리예요? 얘네 형은 지금 일하고 있을 텐데."

"아! 모르는구나. 아까 오전에 요 앞에서 사고가 있었거든. 오토바이 사고였는데, 나가봤더니 너희 형이더라고. 일단 병원에 실려 가는 것까진 봤는데 말야…… 그래도 같은 건물에 사는 이웃인데 궁금해서……"

나는 달리기 시작했다. 만일 인생이 내 몫의 행운을 조금이라도 남겨두었다면 형에게 전부 주어버렸으면 좋겠다고 생각하면서.

뒤늦게 따라 나온 소희가 택시를 잡아주었다. 그 애가 뭐라고 떠들어댔지만 아무런 소리도 귀에 들리지 않았다. 나는 단지 하나님을 백 번쯤, 아니 천 번쯤 불러대고만 있었다.

첫사랑

스쿠터는 수리 센터에 맡겼다. 형은 그것 때문에 몹시도 서럽게 울어댔다. 나는 그게 왜 그렇게 중요한지 알 수 없었다. 의사 선생님은 형의 몸이 아주 튼튼한 것 같다고 말씀하셨다. 스쿠터를 탄 채 달리던 택시에 부딪치게 되면 십중팔구 그 자리에서 죽게 된다는 것이었다. 그 선생님은 그런 말을 아무렇지도 않게 내 앞에서 했다. 그는 지난주에도 비슷한 사고로 사람이 죽었는데 그 시체의 나이가 형과 같더라는 말도 해주었다.

"그러니 천만다행인 줄 알아라. 운이 좋았기에 망정이지 그렇지 않았다면 뼈도 못 추렸을 거다."

나는 피가 흥건한 도로 위에서 형의 뼈를 추리고 있는 내 모습을 떠올려보았다. 그건 정말이지 무시무시한 장면이 아닐 수 없었다.

비교적 멀쩡하다는데도 형은 꼼짝도 할 수 없는 처지였다. 앞니도 두 개나 부러져 있었다. 나는 벌써부터 병원비가 걱정되었다. 우리에게 보험 같은 건 없으니까. 나는 보험이 가난한 사람들을 위한 제도라는 것을 안다. 하지만 정말로 가난한 사람들은 보험에 들고 싶어도 들 수가 없다. 그들은 하루하루 물고기를 잡아 자신의 굶주린 배를 채워야 하는 배고픈 선원과 같다. 당장 굶어 죽어가면서 언제 올지도 모르는 미래를 위해 갓 잡은 신선한 물고기를 냉동실에 집어넣는 바보는 없을 테니까. 그런 사람들에게는 내일도 모레도 그리고 아주 먼 훗날조차도, 그저 똑같이 살아가야 할 하루일 뿐이다. 세상은 그렇게나 모순투성이인데도 사람들이 거기에 적응해 잘들 살아가고 있는 것을 보면 정말로 신기하다는 생각이 든다.

어쨌거나 또다시 걱정거리를 잔뜩 안고 형 앞에 앉아 있었다. 형이 물을 마시고 싶다고 하자 그때까지 내 옆에 서 있던 소희가 얼른 물컵을 내밀었다. 나는 소희가 거기 있는 줄 까맣게 잊고 있었다. 그 애는 호기심 어린 눈빛으로 형을 바라봤다. 나는 형에게 소희를 소개해주었다. 형은 갑자기 활기에 차서 자신은 폭주족은 아니고 단지 일을 하다 다친 것뿐이라고 설명했다. 소희는 다 이해한다는 듯 부드럽게 미소 지었다. 그러고 나서 두 사람은 단 1분도 지나지 않아 이런저런 수다를 떨기 시작했다. 정말로 남녀 사이란 알 수 없는 일이었다.

30분쯤 지나자 간호사가 들어와 보호자를 찾았다. 나는 손을 들어 올리고 내가 바로 형의 보호자라고 했다. 그 여자는 형의 팔뚝에 주삿바늘을 찔러 넣으면서 장난치지 말라고 쌀쌀맞게 말했다. 할 수 없이 나는 부모님이 바빠서 아직은 올 수 없다고 말했다.

"그럼 부모님 오시거든 저기 있는 벨을 눌러라. 이런저런 상의할 게 있으니."

그렇게 말하고 간호사는 가버렸다. 나는 그 문제에 대해 또다시 고민을 해야 했다. 하지만 형과 소희는 철없이 재잘거리고만 있었다. 그걸 보자 정말로 울화통이 터졌다.

그러는 와중에 또 형이 일하던 식당 주인이 병문안을 왔다. 험악한 인상의 사내였다. 하루가 정신없이 돌아가고 있었다. 그는 음료수를 사 들고 와서는 침대맡에 내려놓았다. 그러고는 팔짱을 끼고 형의 몰골을 보았다. 조금 전까지만 해도 좋아서 어쩔 줄 모르던 형의 얼굴이 갑자기 시무룩해졌다. 소희와 나는 자리를 비켜주려고 잠시 병실 바깥으로 나왔다.

휴게실 의자에 앉자마자 소희가 얕은 숨을 몰아쉬었다. 그 애는 붉어진 얼굴을 어쩌지 못하고 그냥 앉아 있었다. 그 애한테도 호르몬에 약간의 문제가 생긴 것 같았다.

"집에는 안 가도 돼? 시간이 늦었는데."

그랬더니 소희가 휴게실 벽에 걸린 시계를 쳐다보며 또 숨을 몰아쉬었다. 그 애는 좀 혼란스러운 것 같았다.

"집이 없었으면 좋겠어. 그럼 돌아가지 않아도 될 텐데."

"흥, 그런 소리 마, 돌아갈 집이 있다는 것은 축복이니까"

"난 그냥, 좀 자유로워지고 싶은 것뿐야. 너희 형처럼 말야."

나는 암말도 하지 않았다. 대신 방금 전에 휴게실에 들어온 어떤 늙은 여인을 쳐다보고만 있었다. 그 여인은 걸레로 휴게실 구석구석을 닦고 나서는 허리를 폈다. 그러고 나서 다시금 머릿수건과 앞치마를 가다듬고는 쓰레기통을 비우고 돌아왔다. 돌아온 뒤에 그녀는 주위를 천천히 둘러보았다. 마치 자신이 할 일의 순서를 정하기라도 하는 것 같았다. 그녀는 먼저 자동판매기에 낀 먼지를 꼼꼼히 닦고 나서 누군가 창틀에 버려놓은 담배꽁초도 모조리 주워 담았다. 그런 다음에는 유리창에 대고 입김을 호호 불더니 마른 걸레로 깨끗이 닦기 시작했다. 그녀는 세상에서 가장 중요한 일인 양 그 일을 하고 있었다. 그래서 보는 사람으로 하여금 그 일이 정말로 중요하다고 믿게끔 만들었다. 그걸 보며 나는 직업이란 정말로 좋은 것이라고 생각했다. 특히나 쉼 없이 몸을 움직여야 하는 직업을 가진 사람들은 그 시간에 딴 생각을 할 수 없기 때문에 순수한 마음을 간직할 수 있는지도 모른다.

나는 그 늙은 여인과 소희의 얼굴을 번갈아 바라보았다. 그 애는 마침 혼자서 생각에 잠겨 있느라 내가 쳐다보는 줄도 몰랐다. 나는 소희가 새하얀 머릿수건을 쓰고 레이스가 달린 앞치마를 두르고 있는 모습을 그려보았다. 만일 소희가 정말로 그런 차림으로 일하는 직업을 갖게 된다면 나는 청혼을 할 것 같다. 일하는 모습을 오래오래 보고 싶어서 말이다.

"난 언젠가는 정말로 혼자 살 거야."

소희가 낮게 중얼거렸다.

"너도 언젠가는 결혼을 하게 될 거야. 그럼 아이도 낳을 거고. 그러니 사실상 혼자 산다는 건 불가능한 얘기라고."

"아니, 난 결혼 같은 건 안 해. 그딴 걸 뭐 하러 하니? 난 자식들에게 골칫거리는 되고 싶지 않아. 부모가 되면 어쩔 수 없이 자식들의 속을 썩일 테니까. 내 생각에 세상의 모든 부모들은 자식들의 골칫거리야. 그런데도 부모들은 오히려 자식이 속을 썩인다고 말하지."

"응, 그건 좀 웃기는 일이야."

"결혼해서 아이를 낳게 되면, 우리도 어쩔 수 없이 그렇게 되고 마는 거야."

"그것도 웃기는 일이지."

"그러니 난 혼자 살겠어. 집이 없어도 좋아. 그냥 여기저기 떠돌며 마음껏 자유로워지고 싶어."

"하지만 자유라는 것은……"

거기까지 말하고 그냥 입을 다물었다. 소희의 기분을 망치고 싶지 않았기 때문이다.

나는 정말로 돌아갈 곳이 없는 사람들을 알고 있다. 그들은 추운 겨울날에도 지하 계단에 엎드려 구걸을 하거나 얻어먹은 술에 취해 밤거리를 어슬렁거린다. 그러니 빌어먹을 각오를 하지 않은 다음에야 자유라는 것을 만끽할 수는 없을 것이다. 사실상 나는 지금도 자유라는 것을 경험하고 있지만 그건 그다지 황홀한 것은 아니다. 게다가 그건 소희가 꿈꾸는 그런 자유도 아니다. 진짜 자유라는 것은 가난이 상관없는 사람만이 누릴 수 있는 것 같다. 또한 이 세상에서 오직 괴짜나 시인만이 가난을 부끄러워하지 않는다. 그러니 자유라는 놈은 시인들에게나 줘버려야 한다.

"실은 나, 집에 가기가 무서워서 그래."

"……"

"집에 돌아가면 엄마가 죽어 있을까 봐…… 늘 엄마가 죽어버렸으면 좋겠다고 생각하면서도 막상 그런 일이 벌어질까 봐 무서워. 엄마가 죽고 나면 정말로 내가 기뻐할까 봐…… 그럼 나, 진짜 나쁜 애잖아. 내가 나를 나쁜 애라고 욕하면서 살아야 하잖아. 그러니 뭐가 뭔지 모르겠어. 내가 진짜 원하는 게 뭔지 말이야. 어떤 날 밤에는 잠들기 직전에 이런 생각을 해. 나는 지금 내 인생에서 가장 힘든 페이지를 쓰고 있는 거라고. 이 페이지를 넘기고 나면 또 다른 이야기가 시작되는 거라고. 그리고 언젠가 이 한 권의 책을 다 쓰고 나면 그때 가서 편히 쉴 수 있는 거라고…… 하지만 그 책은 아무도 들춰보지 않았으면 해. 그건 그냥 어떤 서가에 꽂힌 채로 오랫동안 먼지와 함께 거기 있었으면 좋겠어."

그 애의 고통을 끝내줄 만한 어떤 방법도 떠오르지 않았기 때문에 나는 가만히 앉아 있었다. 그러는 동안 그 늙은 여인은 휴게실을 한 바퀴 둘러보고 난 뒤에 그곳을 빠져나갔다.

"그치만 인생이 책은 아니야. 그건 그냥 물고기 같은 거지. 갓 잡아 올린 신선한 물고기 말야……"

"아, 머리 아프다. 이제 이런 얘기 그만할래."

그러면서 소희는 자리에서 일어났다. 그러고는 갑자기 활기에 차서 형에게 가보자고 말했다.

우리가 병실로 돌아갔을 때, 병문안을 왔던 그 남자는 이미 돌아가고 없었다. 형은 왠지 힘 빠진 얼굴로 우리 두 사람을 쳐다봤다. 그러더니 갑자기 배가 고프다면서 병원에서 주는 밥으로는 자신의 주린 배를 다 채울 수 없다고 말했다. 나는 형편이 궁한 것을 알면서도 어린애처럼 투정을 부리는 형을 이해할 수 없었다. 하지만 어쨌든 환자였기 때문에 내게 남아 있는 마지막 돈으로 먹을 것을 사 들고 왔다. 내가 돌아왔을 때 두 사람은 거의 얼굴을 맞댈 만큼 가까이 앉아 있었다.

"이제 그만 가. 늦었잖아."

형이 말했다. 소희는 마지못해 자리에서 일어났다.

소희를 배웅하러 병실 밖까지 따라 나갔다. 엘리베이터를 기다리는 동안 그 애는 나를 봤다.

"있지, 너를 좋아해…… 그치만 너희 형도 참 멋있더라. 내가 예쁘대…… 그런 말은 난생처음 들어봤어. 너도 내가 예쁘다고 생각해?"

"내 대답을 듣고 싶냐?"

소희는 수줍게 고개를 끄덕거렸다. 그걸 보자 나는 기분이 나빠졌다. 그래서 이렇게 대답했다.

"꺼져버려."

나처럼 이제 막 열세 살밖에 되지 않은 사내아이를 누가 좋아할까? 특히나 머릿속이 항상 쓸데없는 생각으로 가득 찬 미성년자를 말이다.

나는 아주 먼 훗날에도 결코 사랑 같은 건 하지 않겠다. 그런 건 형이나 소희 같은 바보들한테나 줘버리라지. 나는 다만 혼자서 바닷가를 거닐겠다. 바다는 배신을 모르니까. 나는 물거품이 이는 것을 보면서 다른 사람들의 사랑도 모두 거품처럼 사라져버리기를 바라야겠다.

병실로 돌아왔을 때 형은 천장을 보고 누워 있었다. 뭔가 심각한 고민에 빠진 것 같기도 하고 아무 생각이 없는 것 같기도 했다. 나는 의자를 끌어다 형 앞에 앉았다. 그러자 형이 한숨을 내쉬었다. 나는 이제 한숨 소리는 듣기도 싫었다. 하지만 달리 할 말이 없을 땐 한숨이라도 내쉬어야 한다. 그건 가슴속의 압력을 줄이기 위해서라도 필요한 것이니까.

"사장님은 뭐라셔?"

"그 사장 놈은 뒈져버리라지, 난 그처럼 인정머리 없는 사람은 본 적도 없으니까. 기껏 병문안을 와서 한다는 말이, 내가 자기한테 엄청난 손해를 입혔다는 거야. 나 때문에 택시 회사에다 돈을 물어줘야 한다나? 그건 법적으로 그렇게 되어 있다나 봐."

나는 법에 대해서는 잘 모르지만 가난한 사람들의 울화통을 터지게 만드는 게 법이라는 것쯤은 안다. 그래서 형이 법이 어쩌고 했을 때 벌써부터 속이 답답해지기 시작했다.

"그러니 그 돈을 이번 달 월급에서 모두 까겠다는 거야. 그럼 난 한 푼도 못 받고 쫓겨나는 거고. 스쿠터 수리비도 못 받게 생겼다."

"지금 그게 문제야? 형은 무면허에 신호 위반까지 했다고. 벌금도 나온다는데……"

"씨팔, 왜 이렇게 사는 게 거지 같냐. 좀 잘 살아보려고 했더니만……"

"그러게 왜 신호는 위반하고그래?"

"그런 소리 마, 짜장면이 불면 사람들한테 얼마나 욕을 먹는지 알기나 해?"

"……"

"그나저나 너, 잘됐다. 내가 축하해주려고 했는데……"

나는 벌써부터 축하를 받고 싶지는 않았기 때문에 그저 한숨을 내쉬었다. 그것은 나중에 내가 늙은 다음에나 받아야 할 것이다. 이 모든 시간들을 무사히 치러낸 다음에야.

"넌 아마 좋은 연주자가 될 거다. 너처럼 예민한 아이들은 예술적인 감각을 타고나니까 말야."

나는 형이 그만 입을 좀 다물었으면 좋겠다고 생각했다. 그건 정말로 뭘 모르는 사람들이나 지껄이는 얘기다. 이 세상에서 그 누구도 예술적인 감각을 타고나는 사람들은 없다. 인생에서 지기 싫어하는 사람들만이 꾸준히 연주를 하고 글을 쓰고 그림을 그리는 것이다. 타고났다고 하는 말은 그들이 하는 노력에 비해 너무도 터무니없는 말일 뿐이다.

그런 대화가 있은 뒤에, 형은 곧바로 잠이 들었다. 아마도 약 기운 때문에 금방 잠이 든 것 같았다. 나도 간이침대 위에 누웠지만 문 쪽에 누워 있는 환자가 코를 고는 소리 때문에 잘 수가 없었다.

나는 오랫동안 뒤척이다가 가방에서 플루트를 꺼내 가지고는 밖으로 나와버렸다.

아줌마

나는 두번째로 그곳에 갔다. 저녁때가 다 되었지만 미용실은 불이 꺼져 있었다. 코를 유리창에 바짝 갖다 붙이고 안을 들여다봤다. 미리 전화를 하지 않고 온 게 후회되었다. 할 수 없이 그 가게 앞에 앉아 누군가 나오기를 기다렸다. 하지만 문이 잠긴 그 안에서 사람이 나올 것 같지는 않았다. 나는 빌어먹을 내 인생을 항상 길거리에다 쏟아붓고 있다는 생각이 들었다. 거기까지 갔는데도 망설이고 있었으니까. 나는 정말로 어찌해야 할지 몰랐다. 우리는 돈이 없고, 형은 잘못을 저질렀다. 그리고 아빠는 삶의 무게에 허덕이고 있다. 그런 사람에게 도움을 청해야 한다는 건 정말로 불행한 일이 아닌가! 아빠에게 짐이 되고 싶지는 않았다. 아빠가 아닌 그 누구한테도.

어떻게 하면 좀더 빨리 나이를 먹게 될는지 생각해보았다. 그런 것은 상상 속에서나 가능한 일이었다. 모든 어린애들은 겪어야 할 일들을 모두 다 겪고 난 뒤에야 비로소 어른이 되는 거니까. 나는 아직 겪어보지 못한 일들에 대해서도 벌써부터 두려움을 느꼈다.

그러나 이 모든 거추장스러운 생각들은 배고픔에 비하면 아무것도 아니다. 배고픔이라는 것은 눈치도 없고 동정심도 없으며 그 어떤 변명도 받아들이지 않는다. 나는 사람이 하루에 한 끼만 먹어도 살 수 있다면 얼마나 좋을까 생각했다. 그리고 위장이 없었으면 좋겠다는 생각도 했다. 위장은 금방 소화를 시켜버리고는 또다시 먹을 것을 달라고 아우성을 치니까. 나는 아름다움에 대해서만 생각하고 싶었다. 하지만 배고픔은 아름다운 것과는 거리가 멀다. 제 아무리 비늘이 아름다운 물고기를 잡아 올린다 해도, 배고픈 사람에게는 어쩔 수 없는 노릇이니까.

물을 좀 마시고 싶었기 때문에 자리에서 일어났다. 그러고는 또다시 근처 상가를 어슬렁거렸다. 나는 집집마다 마당이 있고 수도꼭지가 있는 그런 옛날 풍경을 상상했다. 그러면 어디라도 들어가 실컷 물을 마실 수 있을 텐데. 지금은 아무 데나 들어가 물을 얻어 마실 수도 없다. 가게마다 정수기가 설치되어 있어서 물을 좀 마시려면 무언가를 사야만 한다. 할 수 없이 근처 공중화장실을 찾아 들어갔다. 거기서 냄새나는 수돗물을 받아먹고는 토해버렸다. 비위가 상했던 것이다. 속이 가라앉은 한참만에야 수돗물로 간신히 목을 축이고 나서 다시 그 가게 앞으로 갔다.

거기 앉아 있으려니 괜히 눈물이 나려고 했다. 인생이 다른 곳에 있는 것이 아니라 바로 여기 내 앞에서 얼쩡거리고 있었다. 그것은 내가 어찌 사는지 실컷 구경하려고 이곳에 온 것 같았다. 나는 신경이 너무 예민해진 나머지 열세 살이나 되었는데도 이 지경으로 살고 있다는 사실이 슬펐다. 평소에 나는 가난뱅이라는 사실을 잊고 산다. 하지만 그놈의 감각이 되살아날 때는, 내가 가난하다는 바로 그 사실 때문에 슬픔을 느낀다. 그건 어쩔 수 없는 일이다. 가난이 부끄러운 것도 아니고 잘못도 아니지만, 그것 때문에 인생의 아름다움을 다 놓쳐버릴 수도 있다는 사실을 떠올리면 정말로 속상하다. 나는 가끔씩 여행도 다니고 좋아하는 영화도 보고 가족과 외식도 하면서 살아가는 소년들을 질투하지는 않겠다. 다만 누군가 그 모든 것들을 할 수 없는 나에게 무슨 말이라도 해줬으면 싶었다. 하지만 무슨 말을 한담. 아무런 할 말도 없으면서.

그러고 있는 동안에 시간이 많이도 흘러버렸다. 주위는 벌써 어두워지기 시작했고 사람들의 발걸음도 빨라졌다. 나는 계속해서 그 자리에 앉아 있었다. 이제는 배가 고픈 줄도 몰랐다. 그것 만이라도 다행스러웠다. 조금 있으려니 정차 구간도 아닌데 내 앞에서 어떤 차가 멈추었다. 그 낡은 자동차는 망아지처럼 푸르륵거리면서 시동이 꺼졌다. 이윽고 문이 열리고 어떤 계집애가 시무룩한 표정을 한 채 차에서 내렸다. 뒤이어 운전석의 문이 열리고 아빠가 내렸다. 그 사람이 아빠인지 새삼스레 확인해볼 것도 없었다. 아빠가 날 알아보지 못했기 때문에 나는 가만히 앉아서 지켜보았다. 아빠는 조수석의 문을 열더니 한눈에 봐도 많이 아픈 것 같은 아줌마를 부축해서 내렸다. 그 아줌마는 날이 따뜻한데도 털모자를 쓰고 있었고 마스크까지 했다.

무슨 말부터 해야 할지 몰랐다. 그래서 그냥 멀뚱히 서 있었다. 그 사람들은 나를 보고 놀라지도 않았다. 놀랄 힘도 없어 보였다. 아빠가 미용실 옆에 딸려 있는 조그만 철문을 여는 동안 옆에 서 있던 계집애가 계속해서 나를 힐끔거렸다. 아직 다섯 살도 안 된 것 같았다.

"들어가자."

나는 세 사람 뒤를 따라 들어갔다. 철문을 지나자마자 미용실로 통하는 작은 방이 나왔다. 그 앞에는 이런저런 빈 종이 박스와 쓰레기들이 쌓여 있었다. 아빠는 발로 대충 그것들을 치우고는 방문을 열었다. 정말로 코딱지만 한 그런 방이었다. 그러는 동안에도 그 아줌마가 죽지나 않을지 걱정되었다. 그만큼이나 상태가 심각해 보였다.

아빠는 아줌마를 자리에 눕히고 나서 조심스레 외투를 벗겨주었다. 그 어린 계집애는 텔레비전을 틀어주니 금세 거기에 빠져버렸다. 나는 아줌마와 눈이 마주쳤다. 그녀는 나를 보고 힘겹게 미소를 지으려고 했으나 그게 미소였는지조차 알 수 없었다. 자꾸 한숨만 나왔다. 아빠는 침착하려고 애쓰는 것 같았다. 아빠가 밖으로 나가자고 해서 따라 나갔다. 우리는 첩첩이 쌓여 있는 쓰레기 더미를 지나 차양이 나 있는 문밖으로 갔다. 밖은 깜깜했다. 그래서 우린 그냥 가게 문 앞에 엉덩이를 걸치고 앉았다. 아빠가 담배를 꺼내려다 말고 도로 집어넣었다.

아빠의 착 가라앉은 눈빛이 나를 바라봤다. 그 눈빛은 텅 비어 있었고 거기서 어떤 의미를 찾기란 어려운 일처럼 여겨졌다. 나는 아빠가 약간 지쳐 있고 피곤해한다는 것을 눈치챘다. 그래서 형이 지금 병원에 있고 그 일로 경찰관들이 아빠를 만나고 싶어 한다고 서둘러 말했다. 그 말을 듣고 아빠는 결국 담배를 꺼내 물었다. 아빠는 너무도 무기력해서 아무것도 할 수 없는 사람처럼 보였다.

"여기 오지 않으려고 했는데……"

"아니다, 잘 왔어."

"아빠……"

"응……?"

"괜찮으세요?"

아빠는 말이 없었다. 나도 입을 다물고 가만히 있었다. 사람이 언제 침묵하고 언제 말해야 하는지를 이젠 알 것 같았다.

"예전에 이 아빠는 말이다……"

그렇게 말하고 나서 아빠는 시선을 길거리로 향했다. 지나가던 행인이 우리를 쳐다봤지만 그런 건 아무래도 상관없었다. 나는 가만히 귀를 기울였다.

"그래, 바로 지금의 네 나이였던 걸로 기억해…… 그때 나는 나중에 내가 크기만 하면 지금보다는 더 근사한 세상에서 살게 될 줄 알았지 뭐냐. 그런 희망이 있었기 때문에 힘들어도 참을 수 있었지. 나중을 위해서 말이야.

내가 서른 살이 되었을 때는, 더 근사한 세상이란 어디에도 없다는 걸 알게 되었어. 그것은 단지 근거 없는 희망일 뿐이었지. 나 같은 사람에게 세상은 엉터리였어. 모든 게 뒤죽박죽이고 모순투성이야. 그래서 나는 아무렇게나 살자고 다짐했어. 어차피 망가진 인생, 더 망가져봤댔자 거기서 거기니까.

알고 있는지 모르겠지만, 난 고아원에서 자랐다. 그래서 서른 살이 넘도록 줄곧 부모로부터 버려졌다고 믿고 살았지. 네가 태어나고 일 년인가 이 년 뒤에 아버지를 만났어…… 너희 할아버지 말이다."

그래, 그런 말을 들은 적이 있다. 할아버지는 독일에서 하루도 빠짐없이 할머니에게 편지를 썼다고 한다. 그때마다 할머니는 잘 있으니 걱정 말라고 회신을 했다. 하지만 6년 뒤에 할아버지가 고향에 돌아왔을 때는 집도 가족도 모두 사라지고 난 뒤였다. 그날 이후 할아버지는 잃어버린 아들을 찾기 위해 자신의 모든 것을 걸었다. 아들에 대한 그리움으로 할아버지는 다른 사람보다 더 빨리 늙어버렸다.

'대체 내게 왜 그런 일이 생겼는지 모르겠어. 난 열심히 일한 죄밖에 없는데……'

지금도 할아버지의 회한이 담긴 목소리가 들리는 것 같았다. 나는 암말 않고 자꾸만 어두워져가는 길거리를 쳐다보았다.

"실은 나도 어릴 때 일이 잘 기억나지 않아. 어느 날 어머니가 나를 먼 친척집에 맡겼는데 거기서 이 년인가 살았던 것 같아. 그리고 그다음 해에는 또 다른 친척집에서 살았고. 그러다 문득 정신을 차려보니 고아원이었어…… 그러니 세상에 의지할 사람이 아무도 없고 모두가 나를 미워하는 줄로만 알고 살았지……"

아빠는 잠시 말을 멈추었다. 그러고는 혀로 입술을 적신 다음 벌어진 입을 다물어버렸다.

"아빠."

"……"

"아빠……?"

"그땐 나도 철이 없었으니까…… 가슴속에 쌓인 울분을 어찌해야 할지 모르겠더구나. 아버지만 보면 내가 겪은 일들이 떠올라서 미칠 것 같았어. 아버지 탓이 아닌데…… 아버진 바보처럼 돈을 벌어서 어머니께 고스란히 부쳐준 것뿐인데…… 그런데도 아버지를 보면 자꾸 화가 나고 그랬어. 은호야, 세상에서 가장 크나큰 고통이 뭔지 아니? 그건 사람이 사람을 미워하는 일이다. 그것만큼 자기 자신을 괴롭히는 건 없어. 그러니 넌 아무도 원망하지 마라. 네 마음을 지옥으로 만들지는 마. 그것만은 이 아빠를 닮지 않았으면 좋겠다……"

그때 내 내부에서 알 수 없는 일이 일어났다. 소희가 말한 것처럼 뭔가가 꿈틀거리기 시작한 것이다. 굉장히 힘이 세고 격렬한 무언가가 밖으로 터져 나오려고 했다. 나는 간신히 그것을 억눌렀다.

"난 다른 사람을 미워하느라 정작 옆에 있는 사람은 지켜주지 못했어…… 네 엄마 말이다…… 엄마가 떠나고 난 뒤에도 정신을 차리지 못했어. 모든 게 할아버지 탓인 것만 같았지. 그때 저 사람을 만났다…… 다섯 살 땐가 여섯 살 때, 부모로부터 버림받았다고 하더구나. 지금의 이름도 진짜 이름이 아닐 거라고 했지. 처지가 비슷해서 그랬는지 이상하게도 마음이 자꾸만 쓰이더구나. 그때 이미 몸 안에 몹쓸 종양이 자라고 있었어. 그런데 아무도 원망하지 않더라. 자신을 버린 부모도, 세상도, 몸 안에서 자라는 종양도 기꺼이 받아들이는 걸 보고 웃음이 났지. 세상에 뭐 저런 바보 같은 사람이 다 있나, 하고.

처음엔 호기심 때문에 저 사람을 지켜보았지. 겉으론 웃고 있어도 속으로는 온갖 불만들이 쌓여 있지 않을까, 하고. 하지만 점점 믿게 되었어. 저 착한 눈빛을 말이다…… 보고 있으면 모든 게 다 용서가 되었어. 그때 처음으로, 지나간 일들이 남아 있는 내 생까지도 망치게 해선 안 되겠다는 생각을 했다. 저 사람과 함께 있으면 다른 몹쓸 생각들은 꿈에도 할 수 없게 되더구나…… 예전에 나는 고통만이 사람을 변화시킨다고 믿었다. 하지만 이젠 사랑도 누군가를 변화시킬 수 있다는 걸 알아. 어찌 모르겠니…… 저 사람과 함께 있으면 나는 다른 세상에 살고 있는 다른 사람처럼 매일 웃을 수 있는데……"

나는 조금은 이해할 수 있을 것 같았다. 전부가 아닌 일부분만이라도 아빠의 진심을 알고 나니, 다른 모든 건 이해하지 못해도 괜찮을 듯했다. 누군가의 일부분을 진심으로 이해하게 되면, 그 이해심이 물감처럼 번져서 그 사람의 전부를 물들이고 마는 것이다. 그러니 세상의 모든 부모 자식들은 대화를 해야만 한다. 침묵을 통해서는 아무것도 알 수 없으니까.

나는 아빠의 이야기가 내 가슴에 얼룩을 남긴 것을 알았다. 할아버지의 이야기도…… 마치 내게 그 모든 이야기들을 들려주기 위해서 지금 이 시간이 다가온 것처럼 말이다. 나는 세상 모든 소년들이 아버지로부터 자유롭지 못하다는 생각을 했다.

자리에서 일어났다. 아빠도 몸을 일으켰다. 나는 아빠를 위로하고자 이곳에 온 건 아니었다. 단지 도움을 청하려고 왔을 뿐이다. 하지만 이젠 어찌 되든 상관이 없다는 생각이 들었다. 아무도 미워하지 않기란 얼마나 어려운 일인지……

"이제 가봐야 할 것 같아요."

"응, 돌아가야지. 형 일은 너무 걱정 말고. 내가 어떻게든 처리해 보마."

아빠는 아무것도 할 수 없을 것이다. 돈도 없고, 병든 아줌마도 돌봐야 하니까. 그래도 나는 암말 않고 고개를 끄덕거렸다. 그리고 등을 돌렸다. 나는 아빠로부터 멀어지려고 달리기 시작했다. 나는 내가 좀 둔감했으면 좋겠다는 생각이 들었다. 아무런 감정도 느낄 수 없었으면.

내 몸은 달리고 있었지만 마음은 내부에 갇혀서 꼼짝도 할 수 없었다. 거기서 뛰쳐나오려고 아무리 발버둥을 쳐도 한 발짝도 벗어날 수가 없었다. 그러니 나는 만신창이가 되어서야 거기서 기어 나올 모양이다.

다음 날 아침 눈을 떴을 때, 그 아줌마가 서 있었다. 형은 물리치료를 받으러 가서 침대에 없었다. 그녀가 어떻게 여기까지 왔는지 생각하느라 머리가 아플 지경이었다. 그녀는 혼자였고, 휠체어도 타고 있지 않았다. 나는 재빨리 의자를 내밀며 앉으라고 했다.

"날씨가 참 좋구나."

그녀는 의자 위에 엉덩이를 대고 앉으며 말했다. 어찌나 야위었는지 마른 잎사귀 하나가 조용히 내려앉는 것만 같았다. 나는 두 손을 어디에 두어야 할지 몰라 침대 난간을 붙들었다.

그녀가 엉덩이를 들어 의자를 내 앞으로 가까이 잡아 당겼다. 그 간단한 동작 하나만으로도 그녀는 벌써 피곤해 보였다. 그걸 보고 나는 그녀가 제발 아무것도 하지 말고 가만히 있었으면 하고 생각했다.

"아빠도 알고 계세요? 여기까지 오신 줄 알면 무척 걱정하실 텐데."

"상관없어. 너희들 아빠잖니."

그러면서 그녀는 밝게 웃었다. 아직은 생의 활기가 묻어나는 그런 웃음이었다. 웃을 때 입가에 주름이 너무 많이 잡히는 것만 빼면 그녀는 예쁘고 건강해 보였다.

"어젠 그렇게 가버릴 줄 몰랐어. 다시 집으로 들어올 줄 알고 기다렸는데."

나는 그냥 어깨를 으쓱거렸다. 달리 할 말이 없었으니까.

"플루트를 아주 잘 분다던데…… 언제 한번 듣고 싶구나. 난 공연장 같은 곳에는 한 번도 가본 적이 없거든. 텔레비전에서 본 것밖에는. 아마 실제로 가보면 눈이 휘둥그레지겠지?"

나는 병실 유리창 밖으로 고개를 돌리고 흰색의 구급차가 이제 막 건물 안으로 들어서는 것을 바라보았다.

그녀는 계속해서 말했다.

"네가 공연을 한다면, 난 아마 제일 먼저 달려갈 거야. 아무리 표가 비싸더라도 무대 맨 앞자리를 예약해서 말이야. 로얄석인지 뭔지…… 아무튼 제일 좋은 자리에 앉아서, 듣고 싶거든."

"그런 말씀 마세요. 전 아직 초보자니까."

"어찌됐든, 그런 날이 오지 않겠니?"

그러고 나서 그녀는 혼잣말로 정말 아름다울 거야, 하고 중얼거렸다. 그녀도 나처럼 아름다움에 대해서만 생각하고 싶어 하는 것 같았다. 나는 마음이 썩 편치는 않았다.

"정말로 날씨가 너무 좋아. 이런 날은 병실에만 있기가 괴로운 법이지."

그러면서 그녀는 목에 두른 머플러를 풀어서 무릎 위에 내려놓았다. 나는 벌써 그녀가 두번째로 그 말을 했다는 것을 깨달았다.

"괜찮으세요, 아줌마……?"

"괜찮을 리가 있니? 힘들어 죽을 것 같다."

그녀는 일부러 큰 소리로 웃었다.

"병원비는 걱정 안 해도 돼. 그것 때문에 왔으니까. 그러니 나한테 평생 고마워해야 될 거다."

그 말을 듣자 갑자기 내 온몸이 아파오기 시작했다. 분명하게 어디라고 말할 순 없지만, 그냥 여기저기 안 아픈 데 없이 콕콕 쑤셔댔다.

"하지만 그건, 아줌마가 치료받기 위해 남겨둔 돈이잖아요?"

나는 간신히 숨을 내쉬며 물었다. 그녀의 눈을 똑바로 쳐다보는 게 무척이나 힘들었다.

"너희처럼 앞날이 창창한 애들에게나 필요한 돈이지. 난 이제 필요 없어."

"그건 안 될 말씀이세요."

"너무 그러지 마라. 순전히 내 이기심 때문에 그러는 거니까. 너희들 아빠가 적어도 나쁜 여자하고 살지는 않았다는 걸 보여주려는 거야."

그러면서 그녀는 아빠가 우리 때문에 늘 괴로워했다고 전했다. 우리에게 필요한 것들을 다 해주고 싶은데 가진 게 별로 없어서 정말로 속상해했다는 말도.

나는 삶이란 것이 누군가에게는 너무 모자라고 누군가에게는 너무 많이 주어진 게 아닐까 하고 생각했다. 만일 내 나이가 서른 살이나 마흔 살, 그보다 더 많은 쉰 살이라면, 그녀에게 무슨 말이라도 해줄 텐데. 하지만 나는 고작해야 열세 살밖에 되지 않았다. 그러니 별수 없는 노릇이다. 그저 멍청히 서 있을 수밖에. 그런 생각을 하는 동안 형이 어느새 내 곁에 와 서 있었다.

"손 한번 잡아보자."

그녀가 손을 내밀었다. 뼈가 앙상하게 도드라져 있고 얇은 살가

죽이 윤기 없이 그 뼈를 감싸고 있었다. 나는 그 손을 잡았다. 왜 그랬는지는 나도 모른다. 아마 그녀가 생판 모르는 사람이었다고 해도 손을 잡았을 것이다.

처음에 나는 시선을 어디에 두어야 할지 몰랐다. 그녀의 얼굴이 내 얼굴에 가까이 있었기 때문이었다. 비쩍 마른 대추처럼 쪼그라든 얼굴은 실제 나이보다 훨씬 더 늙어 보였다. 그런데도 그녀는 천진스럽게 웃고만 있었다. 그 미소가 너무 간절해서 보고 있는 내 마음이 다 아플 지경이었다.

그녀는 나와 형의 손을 번갈아 잡고 흔든 다음 간신히 몸을 일으켰다. 그러고는 이렇게 말했다.

"자, 이제 가야겠다. 실은 아무도 몰래 빠져나왔거든. 택시 좀 불러주련?"

할아버지는 늘 말씀하셨다. 삶이 위대한 것은 그 가운데 고통이 있기 때문이라고. 할아버지의 말씀은 언제나 옳았다. 하지만 고통이 있어 삶이 위대하다는 말씀만큼은 틀린 말이다. 그런 말은 지금도 고통 한가운데에서 헤매고 있는 사람에게는 너무도 부당한 말일 테니까.

푸른 감자

병원에서 주는 밥은 맛이 있었다. 하지만 우리 두 사람이 먹기에는 양이 턱없이 부족했다. 형과 나는 한창 먹을 나이였기 때문에 밥을 먹고 뒤돌아서면 금방 배가 고파졌다. 그래서 나는 식사 시간에 맞춰 밖으로 나왔다. 한 사람이라도 배불리 먹는 게 좋을 것 같아서였다.

기운이 없어서 오래 걷지는 못했다. 어디 가서 플루트를 좀 불고 싶었지만 마땅히 그럴 만한 장소도 떠오르지 않았다. 그러다 역 대합실에 닿았다. 노래를 부르던 청년을 본 바로 그곳이었다. 위로를 받고자 거기 간 것은 아니었다. 단지 머릿속에 생각이 너무 많고 그런 생각들을 어찌 처리해야 할지 몰라 무작정 걸었던 것뿐이다. 세상의 모든 어린아이들은 내 나이가 되고 나면 자연스레 생각이 많아지는 법이니까. 그건 인생에 대해 뭘 알아서라기보다 그 나이가 되어서도 도무지 뭘 모르기 때문에 그런 것 같다.

알고 보면 삶은 그림자 같다고 했던 할아버지의 말씀이 옳았다. 삶은 앞에서 우리를 이끄는 수레가 아니라, 단지 뒤따라오는 그림자에 불과하다. 우리가 뭔가를 깨달을 때쯤이면 우리는 이미 너무도 늙어버려서 아무것도 할 수 없을지 모르니까. 그러니 존재한다는 것은 저녁 때 자신의 그림자를 이끌고 집으로 돌아가는 것만큼이나 쓸쓸한 일이 아닐까? 다행히 모든 존재들은 돌아갈 집이 있다. 그것만이 우리가 삶에서 얻을 수 있는 유일한 위안이다.

사실 이러한 모든 생각들은 살아가는 데는 별 도움이 되지 않는다. 그걸 잊지는 말아야겠지. 아마도 나는 생각을 하느라 내 인생을 몽땅 써버릴 모양이다. 그건 멍청한 짓인데도 정말이지 떠오르는 생각들을 어찌해볼 도리가 없다.

사서 아줌마는 내게 생각이 많을 땐 글로 써보는 것도 좋은 방법이라고 했다. 글은 말보다 더 많은 것을 표현해낼 수도 있고 글을 쓰는 동안에 생각이 좀더 분명해지기도 한다는 거였다. 나는 시인이 되고픈 마음은 없기 때문에 그냥 알았다고만 대답했다. 그런데도 그녀는 대부분의 시인들이 가난하다는 사실을 내게 상기시키면서 가난한 사람에게는 특별한 마음의 눈이 하나 더 있는 것 같다고 했다. 나는 그런 것은 일종의 편견일 뿐이며, 가난하다는 것은 결코 특별한 것도 아니라고 했다.

'봐라, 네 나이에 그렇게 말할 수 있다는 게 어디 보통 일이니?'

그녀는 자신의 생각이 옳다는 걸 증명하려고 애를 썼다. 나는 입을 다물고 가만히 있었다.

'남과 다르다는 건 아주 중요하단다. 왜냐하면 그것이 바로 너라는 사실을 증명해주거든.'

나는 정작 시인이 되어야 할 사람은 그녀가 아닐까, 하고 생각했다. 아무리 하찮은 것이라도 그녀 앞에서는 특별해지니까.

그녀와 헤어지고 난 뒤, 줄곧 삶에 대해 생각해보았다. 그녀는 내가 어느 정도 자라면 내 삶을 진지하게 꾸려가야 한다고 말했더랬다. 지금처럼 언제까지나 빈둥거리며 살 수는 없는 노릇이라면서 뭐든 한 가지는 꾸준히 해야 한다고도 했다. 나는 빈둥거린다는 말에 기분이 상했지만 다른 모든 사람과 마찬가지로 내게도 꾸려가야 할 삶이 있다는 사실이 내게 커다란 위안이 되었다. 삶에 대해 생각하는 건 언제나 기쁜 일이니까.

나중에 나는 정말로 가엾은 사람들을 위해 뭔가를 하는 것이 좋겠다. 시를 쓰든 노래를 부르든 음식을 만들든, 다른 사람들이 즐거워할 만한 일을 찾아봐야겠다. 어쩌면 이 세상에는 내 삶을 채워 줄 만한 일들이 많이 있을지도 모른다.

그런 생각을 하자 기분이 조금 나아졌다. 그래서 계단을 성큼 뛰어올라 대합실로 들어가 광장으로 갔다. 물이 나오지 않는 분수대 앞에 드문드문 사람들이 앉아 있을 뿐 청년의 모습은 보이지 않았다. 나는 분수대 앞에 앉아 청년이 오기를 기다렸다. 하지만 아무리 기다려도 청년은 나타나지 않았다. 나는 거기 앉아 바퀴 달린 트렁크를 끌고 가는 사람이 몇 명인지 헤아렸다. 그런 사람들을 구경하는 게 재미있었다. 사람들은 모두 어딘가로 가거나 돌아오는 중이었다. 그 사람들은 바쁘게 사는 게 최선인 양 그렇게들 살아가고 있었다. 하지만, 그들 중 어느 한 사람도 행복한 미소를 띠고 있는 사람은 없었다. 정말로 행복해 죽겠다는 표정을 하고 있는 사람은 내 옆에 앉아 있는 나이 든 아저씨뿐이었는데 그는 술에 취해 있었고 그것도 모자라 가끔씩 주머니에 꽂아둔 소주병을 홀짝거렸다. 인생이 별수 있냐는 듯이.

이윽고 청원경찰 하나가 다가오더니 여기서 이러고 있으면 안 된다고 그에게 충고했다. 그런데도 그는 히죽히죽 웃어대며 당신도 한잔할 테냐고 물었다. 그 젊은 청원경찰은 무표정한 얼굴로 대체 왜 그리 술을 마시느냐고 했다. 그랬더니 그는 자신은 너무도 배가 고파 술을 마신다고 말했다.

언젠가 전쟁 통에서 살아남으려고 독이 든 푸른 감자를 먹은 사람의 얘기를 신문에서 읽은 적이 있다. 그는 자신이 죽을 줄 알면서도 너무나 배가 고팠기 때문에 그 감자를 먹었다고 했다. 다행히 그는 살아남았다. 하지만 함께 감자를 먹은 여동생은 그날 밤에 죽어버렸다. 그는 운이 좋아 살아남았지만 평생을 여동생에 대한 죄책감으로 괴로워했다고 고백했다. 나는 그때 삶이 그렇게나 모순된 것이고, 그 모순으로 인해 누군가는 죽고 누군가는 계속 살아간다는 것을 알게 되었다. 누구든지 그러한 모순 속에서는 현명한 판단을 내리기 어려운 법이니까.

그렇게 생각하니 옆에 앉은 남자가 조금은 이해가 되었다. 그는 어쩌면 예전에는 현명한 사람이었을지도 모른다. 하지만 무슨 이유로 갑자기 삶에게 호되게 얻어맞고는 그때부터 자신이 현명한 사람이었다는 사실을 잊어버린 것이다. 아마도.

그가 내 쪽을 향해 두 다리를 뻗고 누워버렸기 때문에 나는 더 이상 거기 앉아 있을 수가 없었다. 그래서 반대편으로 옮겨가 앉았다. 나는 이제 사람들을 구경하는 일에 더 이상 재미를 느낄 수가 없었다. 그래서 등에 메고 있던 가방을 무릎 위에 내려놓고 플루트를 꺼냈다. 아직 연습이 충분치 않았기 때문에 시간 날 때마다 음계 연습을 해야만 했다. 「위모레스크」와 「가보트」를 처음부터 끝까지 틀리지 않고 부는 연습도 했다.

나는 아직 커서 무엇이 될지 결정하지 않았다. 아니, 나는 무엇도 되지 않겠다. 나는 이미 나인데 또다시 무언가 되어야 한단 말인가. 다만 플루트는 계속 불어야겠다. 예전에 형의 담임 선생님이 했던 말을 기억한다. 그 선생님은 서른아홉 살인데도 장래 희망이 없다고 했다. 그런데도 그는 아이들로부터 존중받는 직업을 갖고 있었다. 그러니 장래 희망이니 어쩌니 하는 말들은 엿이나 먹으라지. 아이들은 단지 자기 자신이 되려고 그렇게나 열심히 나이를 먹어가는 걸 테니까.

이상하게도 기분이 편안했기 때문에 나는 「칸타빌레」와 「프레스토」를 연거푸 두 번씩이나 불었다. 플루트를 불고 있을 때만큼은 아무것도 바랄 게 없었다.

연주하는 동안 사람들이 하나둘 발걸음을 멈추었다. 그 사람들은 신기한 듯이 나를 쳐다보고는 내 연주에 귀를 기울였다. 나는 그 사람들 얼굴에 미소가 번지는 것도 보았다. 그것은 무슨 전염병처럼 다른 사람들의 얼굴에도 번져갔다. 나는 속으론 무척 떨고 있었다. 그렇게나 많은 사람들 앞에서 연주를 해본 건 처음이었으니까. 사람들이 어찌 생각하는지 알고 싶었다. 하지만 그 사람들 얼굴을 보면 그들이 무슨 생각을 하는지는 별로 중요하지도 않은 것 같았다.

연주가 끝났을 때, 누군가 박수를 쳐주었다. 어떤 또 다른 사람도 박수를 쳤다. 그리고 또 다른 어떤 사람도. 그걸 보고 나는 기분이 흡족해졌다. 다른 사람의 행동을 보고 기분이 좋아지기는 그때가 처음이었다.

좀더 솔직히 말하자면, 그 순간 행복이 뭔지 알 것도 같았다. 그건 그다지 멀리 있는 건 아니었다. 행복은 마치 투명한 보자기처럼 나를 조용히 감싸주었다. 나는 그 보자기가 떨어져나가기라도 할까봐 그 자리에서 꼼짝도 할 수 없었다. 사람들이 하나둘 제 갈 길을 찾아 떠나고 난 뒤에도 나는 계속 거기 있었다. 그때 중절모를 쓴 나이 든 신사가 내게 다가왔다. 그는 가방을 뒤져 꺼낸 음료수를 나에게 주었다. 처음에는 거절했다. 그렇게 하는 것이 좀더 예의바른 행동이라 여겼기 때문이다. 그가 두번째로 내게 권했을 때 마지못한 표정을 지으며 그것을 받아들였다. 그는 안심이 되었는지 모자를 벗고 나서 이렇게 말했다.

"얘야, 너 때문에 기차를 놓쳐버렸구나. 아주 중요한 미팅이 있었는데."

나는 어쩔 줄 몰라 그 대머리 아저씨를 쳐다만 봤다. 그는 양복 주머니에서 손수건을 꺼내 이마에 흐른 땀을 닦아내고는 다시금 모자를 썼다.

"하지만 상관없다. 네 연주를 듣는 동안 마음이 편안해졌으니까."

그러고 나서 그는 한참을 생각에 잠겨 있었다. 그는 뭔가 할 말이 많은 듯한 얼굴로 가끔씩 내 얼굴을 쳐다봤다. 나는 음료수를 홀짝거리고 있었다.

"내게는 휴식이 필요해. 그걸 방금 깨달았지 뭐냐."

그게 전부였다. 그는 더 이상 아무 말도 하지 않았다. 내가 쓰레기통을 찾아 빈 깡통을 버리고 돌아왔을 때, 그는 그 자리에 없었다.

백화점

형은 병신이 되어도 좋으니 평생 병원에서 살았으면 좋겠다고 말했다. 병원에서는 식사 시간에 맞춰 밥이 나오고 깨끗한 화장실에서 볼일을 볼 수도 있으니 얼마나 좋냐는 것이었다. 특히나 예쁜 간호사 누나들이 자신의 건강 상태를 매일매일 체크해 의사 선생님께 보고하는 것이 썩 마음에 든다고 했다. 태어나 처음으로 그런 호사를 누려봤기 때문에 다시는 밖으로 나가고 싶지 않다는 것이다. 누군가에게 보살핌을 받는다는 건 그렇게나 좋은 거니까. 하지만 나는 사람이 분수를 알아야지 자꾸만 그런 것에 길들여지면 못쓴다고 말했다.

형이 퇴원하던 날 소희가 먹을 것을 잔뜩 사 들고 병원에 왔다. 나는 그동안 두 사람의 사이가 깊어졌다는 걸 알고 있었기 때문에 소희를 보고 별다른 감정을 느끼지 않으려고 애썼다. 그 두 사람은 이미 키스도 했다. 정말로 사랑하는 사람들끼리만 하는 바로 그것을 말이다. 나는 형을 통해 그것을 알았다. 형은 항상 잠들기 전에 나에게 이런저런 이야기를 한다. 며칠 전에는 소희가 자신의 가슴을 보여주었다면서 아마도 그 애가 자기를 좋아하게 된 것 같다고 말했다. 나는 그 말을 듣고 토할 뻔했다.

그렇다. 형은 내가 없을 때 소희의 가슴을 봤다. 그건 정말이지 구역질나는 일이다. 그토록 위험한 장난을 하고서도 두 사람이 아무렇지 않다는 게 이상하기만 하다. 나는 말없이 소지품을 챙겼다. 괜스레 신경질을 내봤댔자 내가 질투한다는 것만 들킬 테니까.

소희는 형에게 꽃다발을 내밀었다. 그 애는 형을 축하해주려고 자기 집에서 돈을 훔쳐 가지고 나왔다고 했다. 정말로 정신이 어떻게 되어버린 모양이었다. 그나마 형이 제법 어른스러운 말투로 그런 짓을 하면 안 된다고 충고했다. 엄마가 알면 얼마나 속이 상하겠냐는 것이었다. 소희는 그런 건 상관없다면서 어차피 자기 엄마는 집안 꼴이 어떻게 돌아가는지도 모른다고 했다. 두 사람의 대화를 듣고 있자니 한숨만 나왔다.

"그러니까 오늘은 실컷 놀자."

소희가 두툼한 지갑을 보여주면서 그렇게 말했다.

"정말로 이 돈을 다 쓸 거야?"

"너, 스쿠터 찾고 싶지 않니?"

그 말을 듣고 형은 내 어깨를 두드렸다. 별수 없다는 뜻이었다. 우리는 서로 얼굴을 쳐다보다가 갑자기 웃으면서 병실을 나왔다.

가장 먼저 들른 곳은 오토바이 수리점이었다. 형은 마치 반가운 친구라도 만난 것처럼 자신의 스쿠터를 쓰다듬으며 좋아라 했다. 소희가 수리비를 내는 동안 형이 시동을 걸어보았다. 스쿠터는 얌전히 몸을 떨더니 금방 달아올라 부르릉거렸다.

"그걸 타려고?"

"괜찮아, 조심해서 타면 돼."

"또 걸리면 어떡해?"

"멍청아, 사고만 안 나면 걸릴 염려는 없어. 누가 우리 같은 애들을 거들떠보겠냐?"

그건 맞는 말이었다. 우리 같은 아이들은 사고를 치기 전엔 다른 사람들의 관심을 받지 못할 테니까.

할 수 없이 나는 형의 등 뒤에 올라탔다. 그러자 형이 날더러 내리라고 하고는 등 뒤에 소희를 태웠다. 나는 소희 뒤쪽 꽁무니에 아슬아슬하게 매달린 채 소희의 옷자락을 움켜쥐었다.

이윽고 형이 달리기 시작했다. 소희가 큰 소리로 웃으며 뭐라고 떠들어댔지만 바람 소리 때문에 하나도 들리지 않았다. 우리는 한 시간가량이나 도심 한가운데를 질주했다. 택시와 택시 사이에 끼어들기도 하고 앞차를 추월해서 달리기도 했다. 운전하는 사람들이 고개를 내밀고는 우리를 향해 욕을 해댔다. 형은 길을 막고 달리면서 그 사람들 약을 바짝 올렸다. 그 사람들은 우리에게 욕을 해봤댔자 별수 없다는 걸 깨닫고는 차선을 바꾸어 가버렸다. 그럴 때마다 소희는 손을 흔들어대며 흥분을 감추지 못했다. 나 역시 우리가 그런 식으로 다른 사람을 괴롭힐 수 있다는 것을 알고는 흥분하기 시작했다. 그래서 형에게 다른 차도 추월을 해보라며 소리쳤다. 하지만 형은 못 들었는지 자기 마음대로 스쿠터를 몰았다. 어찌됐든 상관이 없었기 때문에 나는 큰 소리로 웃었다.

바람이 상쾌했고 아무것도 두려울 게 없었다. 나는 너무도 신이 나서 자꾸만 웃어댔다. 거기서는 우리가 주인공이었고 다른 사람들은 우리를 위해 거기 있는 것 같았다.

"저기 가보자!"

소희가 대형 사진이 걸려 있는 백화점을 보고 소리쳤다. 그래서 우리는 건물 앞에 스쿠터를 세워둔 뒤에 안으로 들어갔다.

거기는 또 다른 별천지였다. 우리는 거기서 좋은 옷을 입고 있는 마네킹도 구경하고 유리창 안에 진열된 보석도 구경했다. 아무도 우리에게 뭐라고 하지 않았다. 점원들은 혹시나 하는 심정으로 깍듯이 인사했고 무엇을 찾으세요, 하고 공손히 물어왔다. 그러면 소희는 한껏 과장된 몸짓으로 마음에 드는 게 없네, 하고 중얼거렸다. 거긴 마치 딴 세상 같아서 아무리 구경해도 질리지 않을 것 같았다. 온갖 화려한 것들이 다 모여 있고 사람들이 활기에 차서 걸어다녔다.

나는 강아지를 갓난아기처럼 품에 안고 다니는 여자들도 봤다. 강아지들은 하나같이 혈색도 좋고 털에서 윤기가 났다. 그것들은 얼마나 귀여움을 받았는지 자기가 개인지도 잊어버린 것 같았다. 나는 그 개새끼들이 나보다 운이 좋다는 생각을 하지 않을 수 없었다. 하지만 곧 그렇게 좋은 것에만 길들여진 팔자 좋은 개들이 인생을 알면 얼마나 알까 싶은 생각에 뭔지 모를 자부심마저 느꼈다.

우리는 백화점에 있는 매장을 다 돌아다녔다. 너무도 볼 것이 많아 다리가 아픈 줄도 몰랐다.

"사고 싶은 게 있으면 말해. 이참에 모조리 사버리자."

구두 매장에 들렀을 때 소희가 그렇게 말했다. 그 애는 내게 신발을 신어보라고 하면서 이것저것 내밀었다. 나는 매장 점원이 지켜보는 가운데 구두를 하나 골랐다. 누군가에게 더러운 양말을 내보인다는 것이 너무도 창피했지만 형과 소희가 부추기는 바람에 할 수 없이 그 구두를 신어보았다. 두 사람은 약속이라도 한 듯 구두가 내게 잘 어울린다고 호들갑을 떨었다. 소희는 당장 구두를 포장해 달라고 말하고는 계산대로 갔다. 형과 나는 불안한 시선으로 그 애를 쳐다보았다. 왠지 죄를 짓는 듯한 느낌이 들었기 때문에 빨리 그 곳을 벗어나고 싶었다. 소희가 무사히 계산을 마치고 돌아오자마자 우리는 서둘러 다른 곳으로 가버렸다.

소희는 5층의 의류 매장에 들러 우리가 입을 만한 옷을 고르자고 했다. 그 애는 내게 대회에 나갈 때 입을 수 있는 양복을 사려면 7층에도 가봐야 한다고 말했다. 우리는 꿀 먹은 벙어리처럼 그 애를 따라다녔다.

매장에 들러서 이 옷 저 옷 입어보는 건 꽤나 힘이 들었다. 그래도 막상 새 옷을 입고 나면 기분이 한껏 들떴다. 특히 형은 한 번도 입어본 적 없는 브랜드 점퍼를 입고 나더니 갑자기 사람이 변한 것 같았다. 걸음걸이도 더 씩씩해지고 얼굴은 활기를 띄기 시작했다. 그걸 보니 사람이 변하는 건 정말로 한순간이라는 생각이 들었다.

우리 옷을 산 뒤에는 소희도 새 옷을 사서 갈아입었다. 소희는 면 티셔츠와 짧은 반바지를 사 입고는 뾰족구두까지 사서 신었다. 그 애는 그걸 신고 걷느라 오리처럼 뒤뚱거렸다. 우리가 그 모습을 보고 웃어대자, 소희는 잠시 토라져서 아무 말도 하지 않았다. 하지만 곧 화색이 도는 얼굴로 거울에 자기 모습을 비춰보았다.

내 손에는 차츰 쇼핑 가방이 늘어났다. 우리는 옷을 사는 즉시 갈아입고는 지저분하기 짝이 없는 헌옷을 가방에 집어넣었다. 모든 것을 갖춰 입고 난 뒤에 맨 꼭대기 층에 있는 스낵바에서 햄버거를 하나씩 사 먹었다. 그런 다음 또다시 1층에서 8층까지 매장을 한 바퀴 돌았다.

우리는 쇼핑 가방을 한 보따리나 들고 백화점을 나왔다. 그러고는 근처 지하도에 들러 물품 보관함에 그것들을 모두 집어넣고 열쇠로 잠갔다. 마침 배가 고팠기 때문에 우리는 스쿠터를 타고 시내 중심가로 향했다. 거기서 가장 비싸 보이는 식당을 찾아 들어갔다. 태어나서 처음 가보는 그런 곳이었다. 소희는 자연스럽게 문을 열고 들어가서는 중앙에 있는 테이블에 가서 앉았다. 그걸 보고 나도 자연스럽게 걸으려고 애를 썼다. 형은 촌스럽게 두리번거리면서 소희 옆에 가서 앉았다.

"여긴 엄청 비싼 데 같은데."

자리에 앉자마자 형이 내 귀에 대고 속삭였다. 나 역시 같은 생각이었던지라 고개를 끄덕였다.

“우리 그냥 나갈까? 딴 데 가서 먹어도 되잖아……”

내 말이 끝나자마자 단정한 차림의 웨이트리스가 와서 메뉴판을 놓고 갔다. 소희는 아무렇지도 않게 그것을 들춰보았다.

“난 새우튀김과 스파게티를 먹을 거야, 너희들도 먹고 싶은 걸 골라봐.”

형과 나는 어쩌지 못하고 주위를 두리번거렸다. 거기서 식사를 하고 있는 사람들 모두가 태평해 보였고, 테이블마다 꽂혀 있는 냅킨조차도 고급스러워 보였다. 계산대 앞에 서 있던 웨이터 두 명이 우리를 힐끔거리며 뭐라고 속닥이는 것이 보였다. 나는 그 사람들이 우리를 당장에 쫓아내버리지나 않을는지 걱정이 되었다. 그래서 소희에게 다시 한 번 나가자고 졸라댔다. 소희는 나한테 멍청하게 굴지 말라면서 아무도 우리를 눈여겨보지 않으니 당당하게 행동하라고 했다. 듣고 보니 그럴 듯해서 소희가 내민 메뉴판을 들여다보기 시작했다. 하지만 도무지 뭘 먹어야 할지 알 수 없었다. 그곳 메뉴는 열 가지가 넘었고 이름도 외우기 어려운 것들뿐이었다. 짜장면이나 짬뽕 둘 중에 하나를 고르라고 했다면 훨씬 쉬웠을 텐데.

이윽고 머리를 단정하게 뒤로 묶은 웨이트리스가 우리 앞으로 다가왔다. 이번에는 주문을 하겠지, 하는 표정으로 우리를 쳐다보았다. 나는 그 여자 얼굴을 힐끔 보았다. 피곤에 찌들어 안색이 노랬고 양 미간에는 벌써부터 짜증이 잔뜩 묻어나 있었다.

“아직 멀었니?”

우리가 아직도 메뉴를 고르지 못한 것을 보고 그 여자가 말했다. 소희는 조금만 더 기다려 달라고 말하고는 우리한테서 메뉴판을 빼앗아갔다. 그러자 그 여자는 우리를 가만히 쳐다보았다. 마치 우리가 누군지 알아내려는 사람처럼 말이다.

"근데 너희들, 돈은 있겠지?"

그 말을 듣고 소희는 메뉴판을 덮어버렸다. 소희는 야무지게 팔짱을 끼고는 그 여자를 노려봤다.

"이봐요, 아줌마. 그런 건 댁이 걱정할 게 아니잖아요?"

"아니, 뭐…… 난 그러니까……"

"됐어요, 우린 여기서 먹지 않을 테니까. 서비스가 이렇게 불친절해서야 어디 손님이 오겠어요?"

그러면서 소희는 우리더러 나가자고 했다. 할 수 없이 우리는 자리에서 일어났다. 옆 테이블에 앉아 있던 사람들이 이야기를 하고 있다가 우리를 쳐다보았다. 형은 그 사람들을 보고 뭘 쳐다보냐고 윽박질렀다. 그랬더니 그들은 헛기침을 하고는 다시 이야기를 이어나갔다. 우리 셋이 지나갈 때마다 사람들이 힐끔거렸다. 요즘 것들은, 어쩌고 하면서 혀를 차는 소리도 들려왔다.

우리는 점점 더 신이 났다. 어른들이 우리 때문에 곤란해하면 할수록 흥분이 되었다. 그것에 대해서는 나중에 좀더 생각해봐야겠지만, 나는 사람들의 관심을 받기 위해서는 못된 짓을 해야 한다는 것을 알게 되었다.

우리는 좀더 걷고 싶어서 스쿠터를 놓아둔 채 밤거리를 쏘다녔다. 형은 건달처럼 걸었다. 그래서 나도 주머니에 손을 집어넣은 채 건들거리며 걸으려고 애썼다. 형이 담배를 피울 때는 소희와 나도 똑같이 피워댔다. 나는 담배 연기가 몸에 좋지 않다는 걸 알고 있었지만 그런 건 내가 늙은 다음에나 걱정할 일이었다. 나는 내 입에서 연기가 나오는 것이 좋았기 때문에 계속해서 형에게 담배를 하나 달라고 말했다. 그러면 형은 오늘만 특별히 주는 거라고 하면서 기분 좋게 불을 붙여주었다.

우리는 담배 연기를 뿜어대면서 마음껏 걸어다녔다. 사람들이 그런 우리들을 쳐다보았다. 그 사람들은 자식 같은 우리를 보고도 어쩌지 못했다. 정말로 자기 자식이 그랬다면 당장에 집으로 끌고 가 패주었을 것 같은 사람들도 우리를 보고는 고개를 설레설레 저었다.

나중에는 정말로 배가 고팠기 때문에 근처 고깃집으로 들어갔다. 소희가 돼지고기를 주문하고 형이 술을 시켰다. 하지만 그곳 주인 아저씨가 미성년자에게는 술을 팔 수 없다고 말해서 할 수 없이 물이 든 컵으로 건배했다. 그 주인아저씨는 몹시도 키가 크고 뚱뚱한 사람이라서 우리는 함부로 대들지 않았다. 이미 지쳐 있었기 때문에 또다시 쫓겨나고 싶지 않았던 것이다.

우리는 7인분이나 시켜 먹었다. 형은 화장실에 가서 토하고 오기까지 했다. 결국 나중에는 1인분 정도가 불판 위에 그냥 남아 있었다. 음식을 남겨본 건 그때가 처음이었다. 소희도 몇 번인가 화장실을 들락거렸다. 나는 그 애가 설사나 혹은 그런 비슷한 것을 싸는 모습을 떠올리기 싫어 모른 척했다.

식당에서 나온 뒤에야 소희는 자신이 곧 떠나게 될지 모른다고 말했다. 너무도 갑작스런 말인지라 그 말을 듣고 우리는 한동안 아무 말도 하지 못했다. 한참 후에 형은 소희에게 그런 말을 왜 이제야 하느냐면서 툴툴거렸다. 하지만 곧 별수 없다는 걸 깨달았는지 가슴속 깊은 곳에서 끌어올린 가래를 퉤, 하고 뱉고는 그만이었다. 고기를 7인분이나 먹었는데도 배 속이 허전했다. 내 배 속에는 아무리 해도 채워지지 않는 커다란 주머니가 들어 있는 모양이었다.

"가족들이 설득해서 엄마가 요양원에서 입원 치료를 받기로 결정했어. 아무래도 이런 식으론 안 된다는 거, 엄마도 아시니까. 날 위해서라고 말씀은 하시지만 실은 자신을 위해서 하는 일인걸…… 난 아빠와 함께 강원도에 가서 살게 될 거야. 거긴 새엄마랑 내 동생들이 있으니까…… 뭐, 모르겠어. 어찌 되든 간에 상관없다는 심정이야. 그래도 웃기지 않냐? 난 개네들을 지난 추석 때 딱 한 번 봤는데, 우리가 식구라니……"

"거기 가면, 우리보다 좋은 녀석들이 많이 있겠지?"

형이 빈정거리며 물었다.

"그러지 마, 아무도 너희들을 대신할 수는 없을 테니까. 너희들은 가장 힘든 시간을 나와 함께해주었잖아."

"젠장, 빈말하지 마."

"믿으래두."

그러고 나서 소희는 가볍게 웃었다. 달리 할 말이 없었으므로 우리는 공터에 나란히 앉아 담배를 피워댔다.

벌써 깜깜한 밤이었다. 하늘에는 별도 없었다. 형이 무슨 말인가를 더하려다 말고 바닥에 침을 뱉었다. 소희가 갑자기 자리에서 일어났다. 그러자 형도 따라 일어났다.

"스쿠터 찾으러 가자."

누군가 그렇게 말했고, 우리는 또다시 밤거리를 향해 길을 나섰다.

그 일이 있은 지 며칠 뒤에 경찰이 우리 집에 들이닥쳤다.

그 경찰관은 젊었다. 키는 작았지만 다부져 보였다. 책상 앞에서 서류나 들춰보는 그런 사람은 아닌 것 같았다. 그는 갈색 빛이 도는 얼굴을 불쑥 들이밀고는 매서운 눈빛으로 방 안을 탐색하기 시작했다.

"부모님은 언제 오시지?"

우리는 입이 얼어붙어 아무 말도 못했다. 조금 전에 먹기 시작한 사발면이 아직 입안에 들어 있었다. 나는 그것을 꿀꺽 삼키고 나서 소매로 입술을 닦았다.

"여기에 너희들뿐이냐?"

형이 겨우 고개를 끄덕거렸다. 나는 딸꾹질을 하느라 제대로 대답할 수 없었다.

"누가 은성이지?"

그러자 형이 손가락으로 자기 자신을 가리켰다. 형의 얼굴은 벌써부터 사색이 되어 있었다. 그 짧은 순간에도 나는 우리가 무슨 잘못을 저질렀는지 떠올리려 애썼다.

"그러니까 네가 주은성이란 말이지?"

"네."

"지금 당장 신발 신고 나와라. 같이 경찰서로 가야겠다."

"왜요?"

"나오라면 나와."

"난 아무 잘못도 안 했어요!"

"발뺌해도 소용없다. 이미 증거도 확보해놨고, 증인도 세 사람이나 있어."

"도대체 뭣 때문에요? 난 정말 아무 잘못도 안 했다니까요, 정말예요!"

형은 벌벌 떨고 있었다. 나는 너무도 겁을 집어먹은 나머지 오줌을 쌀 뻔했다. 그 경찰관은 매서운 눈빛으로 형을 뚫어져라 쳐다봤다.

"저기 밖에 세워져 있는 스쿠터 말이다. 네 것이 아니지?"

"제 거예요!"

"거짓말 마라. 저 스쿠터는 도난당한 물건이야. 그리고 넌 지난 이월에 저걸 훔쳤지. 게다가 무면허로 사고도 한 번 났었고. 네가 스쿠터를 훔친 그 지역에서만 벌써 다섯 대가 도난당했다. 이쯤이면 내 말이 무슨 말인지 알겠냐?"

"아뇨, 모르겠어요, 제가 어떻게 알아요?"

"그래 봐야 소용없다."

"그 스쿠터는 돈 주고 산 거라고요. 제 친구가, 그니깐 그 자식 이름이 상택인데, 상택이가 자기는 필요 없다면서 저한테 넘겼어요. 가서 확인해보면 되잖아요?"

"이미 네 친구도 만나봤고 사실 관계도 다 확인했다. 조사해보니 넌 예전에도 나쁜 짓을 했더구나. 그러니 이번엔 쉽게 넘어가지 못할 거다."

"아지씨, 세발 이러지 말아요. 저한테 왜 이러는 거예요?"

형은 울먹이면서 애원했다. 하지만 그는 눈 하나 깜빡하지 않고 서 있었다.

"애먹이지 말고 빨리 나와라, 나도 바쁜 사람이니까."

"아뇨, 안 갈래요, 제가 거길 왜 가요?"

"나 혼자 갈 것 같으면 내가 여기까지 왜 왔겠냐. 잔말 말고 나와."

"싫어요!"

"아이고, 그럼 할 수 없지."

그는 안으로 들어와서 형의 팔뚝을 붙잡았다. 그러자 형이 나를 쳐다봤다. 나는 딸꾹질을 하느라 정신없었다. 그 인정머리 없는 경찰 놈은 형에게 어서 신발을 신으라고 말했다. 할 수 없이 형은 신발을 신고 나섰다. 그리고 두 사람은 갑자기 내 눈앞에서 사라져버렸다.

나는 맨발로 뛰쳐나갔다. 그러곤 난간에 매달린 채 경찰차 문이 열리는 것을 보았다. 형은 안락사를 위해 차에 실려가는 병든 강아지처럼 다리를 벌벌 떨면서 차에 올라탔다. 그것이 그 집에서 내가 본 형의 마지막 모습이었다.

어떤 게 꿈일까?

어떤 것이 현실일까?

생각이란 것은 너무 많이 하지 말아야 한다. 나는 너무도 충격을 받은 나머지 질질 짜기 시작했다. 너무 무서웠기 때문에 집에 있고 싶지 않았다. 하지만 어디로 가야 할지 몰랐다. 나는 슬리퍼를 질질 끌며 무작정 걸었다. 소희에게 갈 수도 아빠에게 갈 수도 없었다. 그 사람들은 지금도 이미 충분히 불행하다. 그런 사람들에게 슬픈 소식을 전하는 건 정말이지 구역질나는 일이다.

슬픔의 나무

밖으로 나왔을 때 나는 서른 살도 더 된 것처럼 느껴졌다. 하지만 서른 살이 되려면 아직도 14년은 더 기다려야 한다. 나는 양복을 갖춰 입었고 아빠가 사준 구두도 신고 있었다. 집을 나오기 전에는 거울도 봤다. 이만하면 나도 손색없이 보일 터였다. 사람들이 입은 옷만 보고도 그 사람을 판단해버리는 건 아주 바보 같은 짓이다.

아빠가 망아지처럼 툴툴거리는 낡은 자동차를 가지고 와서 기다리고 있었다. 아줌마의 어린 딸도 예쁜 옷을 입고 조수석에 앉아 있었다. 그 두 사람을 향해 뭐라고 인사해야 할지 몰라서 가만히 서 있었다.

아빠가 차에서 내렸다. 아빠가 생각보다 덤덤한 것에 놀랐다. 하지만 나는 사람의 무표정이 얼마나 많은 것들을 감추고 있는지 알고 있다. 슬픔에는 표정이 없으니까. 그것은 기쁨이나 분노처럼 밖으로 떠오르는 게 아니라 내면의 호수 저 밑바닥에 조용히 가라앉은 침전물 같은 것이다. 누군가 가슴속으로 손을 집어넣어 잔잔한 호수를 휘젓지 않는 한 그 침전물들은 계속해서 거기 남아 천천히 썩어가겠지. 생명은 거기서 시작된다.

나는 때로 침묵이 좋은 위로가 된다는 걸 알고 있다. 하지만 그 어떤 위로도 소용없게 만들어버리는 슬픔이 세상에 존재한다는 것도 안다. 그러니 우리가 누군가의 슬픔을 치유할 수 있다고 믿는 건 바보 같은 짓이다. 오직 세월만이 그것을 엷어지게 할 뿐이니까. 슬픔은 저 혼자 이겨낼 수 있게 내버려두고 우리는 단지 곁에 있어야 한다. 그것만이 우리가 할 수 있는 전부이고 우리가 꼭 해야만 하는 일이다.

나는 아빠를 보고 입술을 조금 벌렸다. 그러자 아빠도 나를 향해 조용히 미소 지었다. 그제야 나는 모든 것을 삼켜버릴 만큼 무시무시한 폭풍우 속에서 간신히 지켜낸 미소 하나가 얼마나 아름다운지 알 것 같았다. 세상에서 가장 강한 것은 바로 그런 미소가 아닌가! 나는 아빠의 얼굴을 오래 쳐다보았다. 핼쑥해진 얼굴에 예전에는 없던 부드러움이 깃들어 있었다. 그걸 보고 나는 사람들이 왜 사랑을 시작하는지 알 것 같았다. 다른 사람들과 섞이기 위해서 사랑이 그렇게나 부드럽고 말랑말랑하다는 것도.

차가 움직이는 동안, 조수석에 앉아 있던 어린 여자애는 내내 잠을 잤다. 그 애는 그렇게 잠만 잔다고 했다. 예전에 엄마가 집을 나간 뒤로 며칠씩이나 내가 잠만 잤던 것처럼 말이다. 그러니 그 애한테는 무엇보다도 잠이 필요하다. 오래 자고 일어나면 어쩔 수 없이 현실을 받아들이게 될 테니까.

차가 공연장 앞에 도착했을 때, 아빠는 그 애를 깨웠다. 나는 그제야 그 애 이름이 혜인이라는 것을 알았다. 혜인이는 짜증스러워하면서 자기를 왜 이런 곳에 데리고 왔느냐고 아빠에게 화풀이를 해댔다. 아빠는 그 애를 달래느라 진땀을 뺐다. 아빠가 조그만 어린 애 앞에서 쩔쩔매는 모습은 정말로 보기 싫었다. 하지만 어쩌랴. 그 애는 지금 자기만의 방식으로 슬픔을 치러내고 있는 중이다. 그러니 한 살이라도 더 먹은 내가 이해해야지.

그러는 동안 누군가 내 어깨를 툭, 쳤다. 뒤를 돌아보니 소희였다. 나는 정말이지 깜짝 놀랐다.

"아니, 이게 누구셔? 대체 어떻게 된 거야?"

소희가 익살맞은 표정으로 웃었다. 나는 몰라보게 달라진 그 애를 보느라 숨이 차올랐다. 소희는 전보다 키가 좀더 컸고, 마른 것 같았다. 짧게 커트한 머리카락이 눈썹까지 내려왔고 안경도 쓰고 있지 않았다.

"너, 무척 예뻐졌구나!"

반가운 마음에 소희 아빠가 옆에 서 계신 것도 잊고 그렇게 말했다. 소희 아빠는 자신의 존재를 알리려고 주머니에서 꺼낸 한 손을 소희 어깨 위에 가만히 올리셨다. 갈색 곱슬머리가 유난히 잘 어울리는 매력적인 분이었다. 그것 때문에 많은 곤란을 겪으신 모양이지만.

소희는 예전에 자기 아빠가 여자를 후리는 데는 일가견이 있다고 말했더랬다. 하지만 정작 자신의 인생을 후리는 데는 매번 실패했다고. 그 말이 떠오르자 왠지 소희 아빠가 측은하게 보였다.

"인사드려, 우리 아빠야."

나는 넙죽 고개를 숙였다. 그걸 보고 소희가 웃음을 터뜨렸다. 젠장, 대체 뭐가 그리 우습다는 건지.

"반가워요, 학생. 오늘 좋은 공연 기대할게요."

소희 아빠는 신사였다. 점잖은 태도로 내게 악수를 청했으니까. 한참을 머뭇거리다 그 분의 손을 잡았다. 그 손은 진짜 어른의 손이었다. 나도 언젠가는 소희 아빠처럼 크고 부드러운 손을 가질 수 있을 거다.

"먼저 들어가 계세요, 아빠."

소희 아빠는 우리 두 사람을 향해 윙크를 하고는 뒤돌아섰다. 자기 아빠가 보이지 않게 되자 소희가 어깨를 으쓱거렸다. 그러고는 놀랍다는 듯 나를 천천히 살펴보았다.

"너, 멋지다. 정말 근사해……"

얼굴이 달아올랐다. 그래서 겨우 딴소리를 했다.

"그래, 정말 얼마만이냐."

"한 십 년은 더 된 것 같다."

"뭐야? 겨우 삼 년이 지났을 뿐이라구."

"그럼, 그 동안 이렇게 변했단 말이니?"

"쳇, 그러는 너는 어떻구?"

우리는 웃기 시작했다. 가슴속이 뭔가 허전했지만 왜 그런지는 알 수 없었다. 다 웃고 난 뒤에 소희가 주위를 두리번거리기 시작했다.

"형을 찾는 거야?"

"응? 아니…… 기대하지 않았는걸, 뭐."

"그곳에서도 썩 잘 지내지는 못하나봐. 그렇게나 싫어하던 학교를 또 다니게 됐으니.

"그나저나 그 선생님 정말로 괜찮은 분 같아. 그렇게나 신경을 써주시고."

"그래도 기숙사 생활은 좀 그렇지? 형을 받아줄 학교가 많지 않아서……"

"우리 은성이, 얌전하게 지내기가 얼마나 힘이 들까?"

소희가 과장된 몸짓으로 한숨을 내쉬었다. 나도 괜스레 하늘에 뜬 구름을 한 번 쳐다보았다.

"그나마 거긴 그렇게 얌전 떨지 않아도 되는 곳이래. 비교적 자유로운 편이라는데, 알게 뭐야. 암만 그래도 학교는 학교잖아. 거기서 외톨이로 지내는 건 아닌지……"

"외톨이가 어때서? 내가 너희들을 좋아한 건 너희가 외톨이였기 때문인데."

"참 특이하셔라."

우리는 또 다시 웃기 시작했다. 그건 너무도 기분 좋은 그런 웃음이었다.

"그럼, 잘해. 내가 응원할게."

"와줘서 고맙다. 평생 잊지 않을게."

"웬 상투적인 인사야? 앞으로 영영 못 볼 것처럼."

"언제 또 볼지 모르잖아."

"놀러와, 우리 집 가까운 곳에 바다가 있으니까."

"응, 바다…… 꼭 한 번 가야지!"

우리는 좀더 거기 서 있다가 헤어졌다.

대회가 열리기 한 시간 전엔, 사서 아줌마를 만났다. 도대체 나는 이 사람들이 왜 여기까지 왔는지도 모르겠다. 내가 못된 짓을 하지 않고도 다른 사람들의 관심을 받고 있다는 것이 이상하기만 했다.

"어떻게 여기까지 오셨어요?"

"나 같은 노처녀가 오면 안 되는 곳이라고 하든?"

"아뇨, 그런 말이 아니라……"

"그게 아니라면 다행이구나. 어찌 됐든 여길 찾느라 생고생을 했으니까."

그러면서 아줌마는 환하게 웃었다. 우리는 20분도 넘게 그 자리에서 얘기를 했다. 그녀는 내게 선본 이야기를 해주었다. 나이가 마흔이 넘은 전문직 남자였는데 머리카락이 다 빠져서 하나도 없더라는 것이었다. 게다가 그는 채식주의자라서 고기가 들어간 음식은 하나도 먹지 않는다고 했다. 그녀는 그 남자랑 살면 자신은 굶어 죽고 말 거라면서 고개를 설레설레 저어댔는데, 그 모습이 마냥 싫지는 않은 것 같았다.

"그 나무 이야기를 해주세요."

"지금 말이니?"

"네, 듣고 싶어요."

"어휴, 난 재방송은 못하는데."

"제발요, 그니깐 사람이 죽으면 그 영혼이 천국의 문 앞에 서 있는 커다란 나무 앞에 가게 된다고 하셨죠?"

"그렇단다. 사람들은 그 나무를 '슬픔의 나무'라고 부르지."

"'슬픔의 나무' 가지에는 사람들이 삶에서 겪은 슬픈 이야기들이 매달려 있고요. 그리고 이제 막 그곳에 도착한 영혼은 자신의 사연을 종이에 적어서 나뭇가지에 걸어둔다고도 하셨어요."

"그러고 난 뒤에는 천사와 함께 나무를 한 바퀴 돌면서 다른 사람들의 슬픈 사연을 읽는단다. 그러면 천사가 그 영혼에게 자신이 읽은 사연 중에 어떤 것을 선택해 다음 생을 살고 싶은지 물어보지."

"네, 하지만 어떤 영혼이든 결국에는 자신이 살았던 삶을 다시 선택하게 된다고 하셨어요."

"맞아. '슬픔의 나무'에 적혀 있는 다른 사람들의 이야기를 읽고 나면, 그래도 자신의 삶이 가장 덜 슬프고 덜 고통스러웠음을 깨닫게 되기 때문이지."

"네, 이제 됐어요. 고마워요, 아줌마."

나는 진심으로 그렇게 말했다. 형이 붙잡혀가던 날 저녁, '슬픔의 나무' 이야기를 듣지 않았더라면 어찌 됐을지 상상도 못하겠다. 아마도 길거리로 뛰쳐나가 부랑자가 되었을지도 모른다. 정말로 그 이야기는 나에게 큰 도움이 되었다. 이 세상에는 나보다 더 슬픈 사연을 간직하고도 계속해서 살아가는 사람들이 있으니까.

"사실은 무척 긴장이 돼요, 아줌마."

나는 어깨를 으쓱거리며 말했다. 그랬더니 그녀는 내 손을 꼭 잡아 쥐고는 이렇게 말했다.

"아이고, 이런 소심한 녀석. 너 같은 연습 벌레도 긴장을 한다던? 마음을 편히 가져야 한다, 얘야. 심호흡을 한번 해봐."

나는 그녀를 따라 숨을 크게 들이쉬고 내쉬었다. 암만 그래봤댔자 내 심장은 밖으로 뛰쳐나갈 듯이 뛰고 있었지만.

"내가 다 떨리네. 떨면 안 되는데……"

"진정하세요, 아줌마."

"오냐, 진정해야지. 진정하구 말구. 그건 그렇고, 화장실 좀 다녀와야겠다."

그러면서 그녀는 허둥지둥 사라져버렸다. 그걸 보고 나도 모르게 웃음이 났다. 그녀가 정말로 유쾌하고 좋은 사람이라는 것을 그 대머리 신사는 알고 있을까? 나는 그녀가 웨딩드레스를 입고 뒤뚱거리는 모습을 상상하고는 혼자서 키득거렸다.

대기실 안은 오히려 조용했다. 전국 대회니만큼 긴장감이 감돌았다. 아이들은 침묵 속에서 자기 차례가 돌아오길 기다렸다. 사실, 내가 아는 사람들 앞에서 연주하게 되었다는 사실 때문에 다리가 후들거릴 지경이었다. 나는 연주를 마치고 돌아온 다른 아이들의 얼굴은 쳐다보지 않으려고 애썼다. 그리고 계속해서 침착해야 한다고 나에게 주문을 걸었다. 나는 마지막으로 플루트를 점검한 다음, 눈을 꼭 감고 내 이름이 호명될 때까지 기다렸다.

은호야……

내가 처음 입갱하던 날, 우리에게 지급된 한 줄의 불빛으로 갱 속의 어둠을 밝히던 순간을 잊을 수가 없구나.

그때처럼 내가 살아 있다는 것을 실감하던 때가 또 있을까?

나는 살아 있었고, 살아서 움직였고, 살아서 숨을 쉬고 있었어.

어둠 속에서, 허리를 펴기도 어려울 만큼 천장이 낮은 지하 갱 속에서, 암흑 같은 삶 속에서.

그것만이 중요했지.

그 무지막지한 어둠 속에서 내가 살아 있다는 사실 말고 무엇이 더 중요했겠니?

생각을 자유롭게 할 수 있다는 것은 축복이란다, 얘야.

자유를 원하면 얼마든지 자유로워질 수 있어.

나는 거기서 나의 전 생애를 걸고 어둠과 싸웠단다.

나는 영웅이었고, 진짜 사나이였지.

얘야, 복잡하게 생각할 거 없단다.

용기를 잃지 않고 살아가는 것, 그게 바로 삶이지.

더 이상 무엇이 있을 수 있겠니?

아무것도 아니란다.

아무것도……

내 말을 기억하렴.
우리가 전 생애를 걸고 해볼 만한 일이 있다는 건
신의 은총이란다, 얘야.

나는 이제 할아버지의 말씀이 옳다는 것을 안다. 그것을 긍정하고 이해하는 순간, 나는 온전히 나 자신이 될 수 있다는 것도. 할아버지로부터 시작된 시간의 무늬는 천천히 나에게로 번져왔다. 그러니 내 모든 이야기가 할아버지로부터 시작되었음을 잊지는 말아야겠지.

언젠가 꼭 한 번 바다에 가봐야겠다. 그건 그리 어려운 일도 아니다. 마음만 먹으면 지금이라도 당장 갈 수 있으니까. 거기서 내가 아는 모든 사람들의 이름을 모래사장 위에다 적어봐야겠다. 그러면 혼자 있어도 외롭진 않겠지. 그 사람들을 위해 연주하는 일은 무척이나 기쁜 일이다.

천천히 자리에서 일어났다. 그리고 무대 위로 걸어 나갔다. 나는 아무것도 보고 있지 않았다. 내 머릿속에는 오직 아름다운 선율만이 떠다녔다. 그것을 다른 사람들에게도 들려주고 싶어서 천천히 플루트를 잡았다. 그리고 내 따뜻해진 숨결을 그 조그만 악기에다 집어넣기 시작했다.

나는 모든 걸 되살려놓았다. 거기에는 엄마와 아빠, 할아버지, 그리고 형이 있었다. 그 사람들은 모두 한때는 내 가족이었다. 그것은 지금도 마찬가지다. 나는 어쩌면 그 사람들을 위해서 죽을 때까지 플루트를 불지도 모르겠다. 그리고 다른 모든 사람들을 위해서도. 아직은 우리 모두 괜찮지 않지만 언젠가는 조금씩 나아지겠지.

연주를 마치자마자 사람들의 박수 소리가 들려왔다. 그 소리는 성당의 종소리처럼 나를 행복하게 했다. 사서 아줌마가 벌떡 일어나 서 있는 것도 보였다. 그녀는 주책스럽게 울고 있었다. 내가 나쁜 짓을 하지 않고도 다른 사람을 울게 했다는 사실 때문에 이내 가슴이 벅차올랐다. 그 순간 나는 강했고, 용기를 잃지 않았다.

사실 나도, 속으로 울고 있었다. 커질 대로 커진 눈물보가 갑자기 터져버린 것 같았다. 하지만 내 얼굴은 웃고 있었다. 나는 이제야 겨우 가슴속에 있던 새를 떠나보낸 느낌이었다. 그 새들은 어디로든 자유롭게 날아다니겠지. 나중에 내가 바닷가에 가면 그 새들을 볼 수 있을지도 모르겠다.

세상이 지금보다 좀더 근사해졌으면 좋겠다는 생각은 잘못된 것일까?

나는 이제 삶에 대해 알려는 노력을 하지 말아야겠다. 삶이란 것은 하나의 답이 정해진 것이 아니니까. 그 수많은 경우의 수들을 떠올려보면 벌써부터 머리가 다 아플 지경이다. 만일 어딘가에 삶의 문제를 해결해주는 공식이 있다면, 그건 굉장히 복잡하고 불완전하고 불가해한 공식이 될 것이다. 그런 얼토당토않은 문제를 푸느라고 자신의 소중한 시간을 써버릴 바보가 어디 있겠는가. 차라리 그 시간에 도둑질을 하는 게 낫다. 그러면 교도관이나 경찰, 판사 같은 사람들이 더 바빠질 테니까 말이다. 그건 세상이 돌아가는 이치에 도 맞다. 어쨌든 세상은 쉼 없이 돌아가게 마련이니까.

나는 어쩌면 이제야 소년이 되어가고 있는 것 같다. 그 모든 일들을 다 겪고 난 뒤에야 비로소 내가 어리다는 걸 알았으니까. 나는 늙지는 않겠지. 다만 조금씩 자랄 것이다. 죽을 때까지 자라면서 세상을 좀더 살아봐야겠다. 그래야 나중에 내 자식들에게 무슨 말이라도 할 수 있게 될 것이다. 그러니 지금 당장은 이 구역질나는 생각들을 좀 몰아내야겠다. 그건 확실히 뇌 건강에도 좋지 않다.

옥탑방의 전세 기간이 끝났기 때문에 나는 거기서 나오게 되었다. 그동안의 월세는 보증금에서 모두 빠져나갔기 때문에 나는 한 푼도 없이 미용실로 짐을 옮겼다. 아빠는 환영했지만 그 버르장머리 없는 어린 계집애는 내내 불만스러운 얼굴이었다. 그것도 집이라고, 그 애는 벌써부터 텃새를 부리기 시작했다. 정말이지 너무 버릇없고 제멋대로다. 어제는 내 연주를 듣고 나더니 아유, 시끄러워라, 하면서 깔깔대기까지 했다. 나는 그렇게 못생긴 애를 본 적도 없다. 하지만 어쩔 수 없이 잘 지내야 할 것이다. 왜냐하면 우리가 나중에는 진짜 가족이 될지도 모르기 때문이다. 그 애가 아빠에게 대들지만 않는다면 나도 그 애를 조금은 예뻐해주어야겠다. 그 애는 이제 막 엄마를 잃었으니까. 그 부분에서는 아마도 내 경험이 도움이 될지도 모르겠다.

자, 이제는 정말로 내 할 일을 해야겠다. 나는 오늘 밤 안으로 형에게 편지를 써야 한다. 내가 하루도 빠짐없이 형을 생각하고 있다는 것과 아빠와 함께 생활하기 시작했다는 것, 내가 간신히 예술고등학교에 입학할 자격을 얻었다는 것과 매일매일 플루트를 불 수 있게 되었다는 것 등을 말해줘야 한다. 그리고 사랑한다는 말도.

편지를 다 쓰고 난 뒤에는 무엇을 해야 될지 모르겠다. 하지만 어쨌든 간에 나는 여기 있다. 걱정 많은 내가, 소심한 내가, 세상의 일부인 내가…… 중요한 것은 어제도 오늘도 그리고 내일도, 내가 계속해서 살아나가고 있을 거라는 사실이다. 이 한 가지 사실보다 중요한 것은 아무것도 없다.

나는 살아갈 것이다.

작가의 말

어린 시절의 기억이 다 큰 어른인 나를 사무치게 할 때가 있다.

그것이 나에게 거름이었고, 물이었고, 햇빛이었다는 건

축복일까, 우울일까.

나는 이제야 아름답고 숭고한 것에 대해 생각해본다.

변하지 않으면서 불완전한 것들.

한때 인간은 쉽게 파괴되지만 쉽게 회복되지는 않는다는 말에 동의했더랬다.

그러나 이젠, 조심스레 그 말에 이의를 제기해본다.

나의 어머니는 상처를 가진 채로 오래 살고 계신다.

나의 아버지는 상처를 가진 채로 오래 살고 계신다.

나의 할머니와 고모, 삼촌과 사촌들도.

모두들 건강하게 살아간다.

심지어는 농담도 주고받으면서, 심각하기만 한 생의 호수에 돌을 던진다.

그래요, 그렇다네요, 뭐, 어쩌겠어요.

체념과 냉소와 연민과는 다른 무엇.

불완전하면서 변하지 않는, 인생을 대하는 태도들.

나는 그것을 숭고라고 믿게 되었다.

키가 좀더 자랐으면 좋겠다.

내 몸의 성장판이 아직 닫히지 않았으면.

하나의 문장을 완성하고 잠든 날은 키가 크려는지 몹시도 무릎이 아팠다.

아직은 덜 자란 나와 같은 어른들을 생각하며 이 소설을 썼다.

안색이 노란 아이들, 딱히 갈 곳이 없어 찬바람 부는 거리를 걷고 있을 아이들도 생각했다.

나는 그런 아이들을 알고 있다.

나이기도 하고 내 동생이기도 하고 내 먼 친척이기도 한 그런 아이들.

그들이 자기만이 아는 생(生)의 일기를 쓸 수 있게 될 때까지, 계절이 바뀌지 않았으면 좋겠다.

우리가 지난 시절의 통증을 선명하게 떠올릴 수만 있다면

겨울밤에 키가 자라는 꿈을 꾸어도 좋을 것이다.